U0090374

民國文化與文學^{研究}文叢

十五編

李 怡 主編

第 9 冊

抗戰時期重慶復旦大學作家群研究（下）

李 本 東 著

國家圖書館出版品預行編目資料

抗戰時期重慶復旦大學作家群研究（下）／李本東 著 -- 初
版 -- 新北市：花木蘭文化事業有限公司，2022〔民 111 〕
目 2+134 面；19×26 公分
（民國文化與文學研究文叢 十五編；第 9 冊）
ISBN 978-986-518-967-9（精裝）
1.CST：中國文學 2.CST：抗戰文藝 3.CST：文學評論
820.9　　　　　　　　　　　　　　　　111009884

特邀編委（以姓氏筆畫為序）：

丁　帆	王德威	宋如珊
岩佐昌暲	奚　密	張中良
張堂錡	張福貴	須文蔚
馮　鐵	劉秀美	

ISBN-978-986-518-967-9

9 789865 189679

民國文化與文學研究文叢
十五編　第 九 冊　　　　　　　ISBN：978-986-518-967-9

抗戰時期重慶復旦大學作家群研究（下）

作　　　者	李本東
主　　　編	李 怡
企　　　劃	四川大學中國詩歌研究院
總 編 輯	杜潔祥
副總編輯	楊嘉樂
編輯主任	許郁翎
編　　　輯	張雅淋、潘玟靜、劉子瑄　美術編輯　陳逸婷
出　　　版	花木蘭文化事業有限公司
發 行 人	高小娟
聯絡地址	235 新北市中和區中安街七二號十三樓
	電話：02-2923-1455 ／傳真：02-2923-1452
網　　　址	http://www.huamulan.tw 信箱 service@huamulans.com
印　　　刷	普羅文化出版廣告事業
初　　　版	2022 年 9 月
定　　　價	十五編 21 冊（精裝）新台幣 55,000 元

版權所有 • 請勿翻印

抗戰時期重慶復旦大學作家群研究（下）

李本東 著

目

次

第三章　重要作家及代表作品

第一節　教師作家

一、靳以：長篇小說《前夕》及其他

（一）長篇小說《前夕》的主題

　　每一篇文學作品在創作的時候，作者都有他的目的，儘管這目的可能一開始不是特別清晰，但在寫作過程中它絕對會在作者心裏慢慢變得明確起來。這就是主題。小說自不例外。一篇小說，尤其是一部長篇小說，其主題往往具有舉足輕重的作用，直接關乎其藝術價值，甚至決定著其文學史地位。因而，對於長篇小說的主題探討，也一直是我們作家作品研究的重要工作。只有正確理解了小說的主題，我們才能真正讓自己從中得到人生的啟迪，才能通過分享讓其他讀者一起享有小說藝術的福澤。靳以的《前夕》亦然。如果說 1938 年 10 月回到母校復旦大學任教，對靳以一生是個「極大的轉折點」，他從學生「天真、純樸」的臉和「熱烈的眼睛」裏「得到勇氣」和「從來沒有得到的安慰」，使他「從一個人，投身到眾人之中，和眾人結合成一體了」〔註1〕，那麼，長篇小說《前夕》的寫作之於流亡重慶的靳以，更不只是一次普通的寫作，而且是一種生命的解救──「每次上過課，我的身心都陷在疲憊之中，唯一能解救我的，還是我的長篇。那才是我心中願意做的事，一切對

〔註1〕靳以：《從個人到眾人》，見《靳以選集》第五卷，成都：四川人民出版社，1984 年 9 月版，第 575 頁。

於人生的喜怒哀樂，都裝在那裡面了，我也正像活在那中間的一個人物，我不是旁觀，我簡直分享他們的感情。」〔註2〕《前夕》全書共四部，約62萬字，創作耗時三年多，傾注了靳以抗戰前期的大部分心血，是他抗戰期間最具份量的長篇小說，但八十年多來，對其主題的探討，雖有涉及，卻一直沒見到系統、全面而論析翔實的專門研究，這在相當程度上影響了人們對《前夕》的文學價值的判斷。

《前夕》作為靳以最重要的一部長篇小說，1938年春，「滬戰猶酣之際，靳以在離開上海前動筆寫了長篇小說《前夕》的開頭」〔註3〕，完成於1941年8月10日。其出版與創作一樣，不可地遭遇了戰爭的苦難困厄。全書完成之前，小說也先以分章連載方式與讀者見了面。最開始連載於1938年5月27日在廣州初版的《文叢》第二卷第一期，至1939年1月20日初版的第五、六期合刊，已刊出了第一部的前十八章。1946年《文選》在上海創辦，創刊號上又刊載了第三部第一章，並在文末附「注」說：「此為靳以先生所著長篇創作《前夕》之第一章，全書四十章，每章可自成起迄。」〔註4〕很顯然，這一說明與《前夕》總共有四部，而這只是第三部的事實不相符。這或許是當時郵政通訊方式的侷限所導致的吧。

到了《前夕》全書創作完成的1941年夏天，「那時候，在重慶，印刷出版存在許多困難」，「上海的條件很好」，「與其在內地出版，被刪得七零八落，何必不在上海出版」，就與文化生活出版社的上海負責人陸蠡聯繫，得到應允並有陸蠡親自為《前夕》設計了紫色加白邊的封面的回信後，就在同學朋友的幫忙下「從頭到尾抄了一份，用編號的航空信，一封一封地寄到上海」〔註5〕。於是，文化生活出版社在1942年1月出版了《前夕》第一部、第二部的滬版（第一部扉頁上題有「獻給我的母親」字樣。第二部才印出來還未及發售，就被日軍責令法國巡捕房執行搜查給搬走了，好在「在重慶存了原稿，在上海有了副本」〔註6〕），1942年9月出版了第一部渝一版，1943年6月

〔註2〕靳以：《憶陸蠡》，見《靳以選集》第二卷，成都：四川人民出版社，1983年4月版，第483頁。

〔註3〕潔思：《靳以年譜》，載《新文學史料》，2000年第2期，第52頁。

〔註4〕靳以：《前夕》，載《文選（上海）》創刊號，1946年1月1日出版，第23頁。

〔註5〕靳以：《憶陸蠡》，見《靳以選集》第二卷，成都：成都：四川人民出版社，1983年4月版，第483頁。

〔註6〕靳以：《憶陸蠡》，見《靳以選集》第二卷，成都：四川人民出版社，1983年4月版，第483頁。

出版了第二部渝一版，1944 年 11 月出版了第三部渝一版，1945 年 2 月出版了第四部渝一版。不能忘記的是，「在重慶，原稿受了官方多次的檢查，以致只好忍痛地把內容刪去好幾節。」〔註7〕

　　此外，《前夕》的滬版和渝版都被多次重印。例如，李長之在 1946 年 5 月出版的《時與潮文藝》第 5 期「書評副刊」所評的前三部，就顯然是重印版。各重印本的定價也不相同。如第一部的上海 1942 年 1 月初版一印為「三元貳角」，1943 年 1 月渝一版重印本則為「實價國幣拾玖元」；第四部渝一版的 1945 年 2 月重印本為「伍元陸角正」，1946 年 2 月渝一版重印本則為「實價國幣伍元」。這可從側面表明，《前夕》出版後很受讀者歡迎的。

　　儘管《前夕》出版後多次重印，擁有著眾多讀者，但從那時起到當前，有關它的研究，卻是少到屈指可數。除卻靳以自己的《〈前夕〉前言》和《我怎樣寫〈前夕〉的？（代跋）》兩篇文章外，就目前所能搜集到的文獻來看，最早對《前夕》做出評價的，當推李長之。1945 年 10 月 17 日，李長之就所讀到《前夕》前三部寫了書評，發表在 1946 年 5 月 15 日出版的《時與潮文藝》第五卷第五期「書評副刊」欄。這一篇書評和石健在《文學教育（上）》2014 年第 7 期發表的論文《靳以〈前夕〉中黃儉之人物形象分析》、《哈爾濱學院學報》2015 年第 3 期發表的論文《生死抉擇中的駁雜面影——靳以〈前夕〉男性形象解讀》，算是僅見的專論了。其他論及《前夕》的文獻，主要有尹雪曼論文集《抗戰時期的現代小說》（臺灣：成文出版社，1980 年 12 月版）中的《靳以與〈前夕〉》著重分析了《前夕》中的家族人物形象；王瑤著、1953 年 8 月新文藝出版社出版的《中國新文學史稿》下冊中第十三章「戰爭與小說」第一節「戰時城市生活種種」部分，楊義著、人民文學出版社 1988 年 10 月版的《中國現代小說史（第二卷）》在第十章「『京派』作家群和上海現代派」中第四節「靳以：在聯結作家群中走出自己的道路」之第二部分「豐富的探索和奇特的峰巒」；和張民權發表在《美與時代》2010 年第 10 期的論文《巴金的〈激流〉和靳以的〈前夕〉》，和長春理工大學鄭東軒 2020 年的碩士論文《靳以小說中的「哀憤」主題研究》、山東師範大學石澗的碩士論文《靳以小說創作論》、重慶師範大學陳琳媛的碩士論文《靳以抗戰小說論》、吉林大學石健的博士論文《靳以綜論》等。

　　其中，在新中國建立初期最負盛名的《中國新文學史稿》中，王瑤認為，

〔註7〕顧南：《章靳以》，載《現實文摘》1947 年第 1 卷第 6 期，181 頁。

《前夕》「這是借一個沒落的大家族來寫抗戰發生前的社會動盪的」〔註8〕，進而指出：「這個企圖是好的；但憑了這麼一個沒落的大家族的局面，不上二十個人的活動，是很難表現出抗戰前夕的各階級的變化和動態的。這個題材沒有完成作者意圖中的那個廣大的幅面；比起當時動盪的社會現實來，這裡顯得散漫而瑣屑。作者在《前夕》裏只寫到抗戰開始為止，他還計劃接著寫一部名叫《大戰爭》的續篇來寫抗戰期間的故事。他對於知識分子很熟悉，希望而且鞭策他們走上新的道路，但無意間也流露著一點偏愛；這些人是很難算作抗戰的最主要的力量的。」〔註9〕楊義在1988年出版的《中國現代小說史》第二卷中指出：「靳以與『京派』作家群一道，從人生中尋找詩，但『京派』作家群的典型作家尋找的是日漸遺失了的古老鄉風，而他找到的卻是正在生長的民族的未來」〔註10〕。和王瑤一樣，他也認為《前夕》創作筆鋒指向的是社會——《前夕》「集中描寫了抗戰前三、四年間一個破落的官宦人家——黃儉之一家眾多男女的不同的性格、心理和命運，展示了國勢艱危之秋華北古城的動盪時局和『一方面是莊嚴的工作，另一方面卻是荒淫與無恥』的社會情態。」「小說選取破落中的仕宦人家作為描寫對象，是頗具藝術苦心的。……換言之，崩潰使封閉性中國舊家庭帶上了獨特的（非常態的）開放性，從而使這種家族描寫成為社會的縮影。」〔註11〕錢理群等著的《中國現代文學三十年》（修訂本）在第二十三章「暴露與諷喻」部分寫道：「靳以還有一部八十萬字的長篇《前夕》，企圖借一個正在崩潰中的官僚家庭幾代人的生活，表現抗戰前夕中國社會的激烈動盪。包括老一代的頹落，和年輕一代的各種命運，只有從靜玲、靜茵，還有軍人李大岳身上，方能看到民族的希望。這部小說實際上所能展開的社會面並不很大，而且人物性格比較定型化，但是，這種有意識表現整個民族在抗戰中的前途的努力，實在是當時普遍的文學現象。」〔註12〕在此論說中，整個來看，「社會」仍是其關注點。或許，這

〔註8〕王瑤：《中國新文學史稿（下）》，上海文藝出版社，1982年11月版，第436頁。

〔註9〕王瑤：《中國新文學史稿（下）》，上海文藝出版社，1982年11月版，第437頁。

〔註10〕楊義：《中國現代小說史》第二卷，人民文學出版社，1988年10月版，第654頁。

〔註11〕楊義：《中國現代小說史》第二卷，人民文學出版社，1988年10月版，第655～666頁。

〔註12〕錢理群等：《中國現代文學三十年》（修訂本），北京大學出版社，1998年7月第版，第500～501頁。

是緣於抗戰建國這個當時最大政治的社會性，讓大多數研究者在論及為抗戰服務的文學創作尤其小說創作時，自覺不自覺地從社會立場出發，更多傾向於關注作品的社會性一面。

與此不同，在《前夕》這部長篇小說的主題的闡釋上，我們認為，在實際上，正如李長之先生最早在 1945 年 10 月 17 日撰寫的《前夕》書評中所指出，《前夕》「這書是寫這次中日大戰的『前夕』的，主要的故事則寫北平一個『武進黃寓』的舊家中各個分子在戰前的反應。」「正確的說，這故事就是以這五個女子在戰爭前夕的不同反應為主題的。」〔註 13〕要言之，靳以長篇小說《前夕》的創作，指向的是「人」，而不是「家」和「社會」。

小說《前夕》誠然是從初春的「武進黃寓」這個家寫起的，而且這個家貫穿全書，這個家固然可看作當時社會或一方面的一個縮影，因為它本就是當時社會的一個部分。小說中的人物有老一代和年青一代之別，但從全書來看，年青一代才是作者真正注目的。老一輩的即黃儉之及其夫人、妹妹，他們似乎就是「家」本身，「武進黃寓」就是黃儉之與其夫人作為人的存在寫照，他們正是從這個「家」從無到有、從有到輝煌的生成歷程中找到自己的，保守、滯後於時代使他們不能離開這個「家」而與時俱進地尋求新的生存。小說中新一代的年青人，首先是黃儉之的一兒（靜純）五女（靜宜、靜茵、靜婉、靜珠、靜玲），他們在某種意義上被父母看成這個「家」不可分割的組成部分，他們似乎也一時不能脫離這個「家」而獨立生存，但他們終究是新一代的年青人，不能不感受到這個「家」和自己之間的疏離；他們是新時代的青年學生，要在新的時代中尋找自我、定位自我、成就自我，他們必須與時俱進地向新的人生突進；其次才是圍繞他們出現的趙剛、向大鐘、宋明光等青年學生。作者對家和其中老一輩人的關注，是要用「放大鏡」「先把那些腐爛處直接地顯現出來，或是間接地襯托出來。要知道這樣的家和這樣的人物們——縱然他們有的也有好心腸——已經不能在眼前的世界上存在了。終於當著神聖的抗戰的炮聲響了起來，首先就是把這樣的家和這樣的人打成粉碎」〔註 14〕，小說最後這個家庭也「意外」地在逃離途中車自行溜入河中而沉沒

〔註 13〕李長之：《書評副刊：〈前夕〉》，載《時與潮文藝》1946 年第 5 期，第 119～121 頁。

〔註 14〕靳以：《前夕（上）》，見《靳以選集》第一卷，成都：四川人民出版社，1983 年 4 月版，第 4 頁。

了。年輕一代呢，自然離不開家，但他們與家的關係，和父親黃儉之不一樣，黃儉之可以從這家中照見自己生命曾經的輝煌，而家只是他們的生長環境，為他們提供著基本的物質供給。他們作為青年學生的這年青的一代，是作家靳以「找到的卻是正在生長的民族的未來」〔註15〕。正如李長之在《前夕》書評中強調「這故事就是以這五個女子在戰爭前夕的不同反應為主題的」，就是明確這篇小說重在「人」而不是「家庭」，尤其他們當中最年輕、生長勢頭最猛的黃靜玲們，才是作者所要著力表現的對象。儘管這是當時李長之只讀到前三部就寫下的，但卻是非常符合作者的創作追求的。對此，作者不止一次地說明他對這些新生一代的青年人的愛和期冀。1941年9月28日，他在桂林為《前夕》寫的「前言」中「說明」道：

> 與其說我懷著深烈的憎恨，莫如說我寄與無比的熱愛；與其說我刻繪一幅無望的毀滅，莫如說我勾出一幅將來的自由而幸福的新生。不要埋怨作者的殘酷，那責任該由這個時代來負。死去的只是那些被這個時代所遺棄的，踏著大步走向前去的是那些不甘屈伏的好兒女。

> 如果這部書還能有一分的價值，我就該用它來紀念那些沉默的不為人知的殉身的勇士們，他們的生存將是全民族一根良好的支柱，他們的死，也成為一方堅固的基石，馱定了我們這個從恥辱和苦難中站起來的國家。〔註16〕

他還曾在1947年11月10日追憶道：

> 我也是被一時的激情所使，看到全面的戰爭開始了，就想建築一座小小的里程碑，紀念這麼多年來掙扎奮鬥的青年們。〔註17〕

> 如果不是堅強地站在中國人民的立場上，描畫出多少年來和敵人的鬥爭，多少青年人犧牲了他們的生命，我實在沒有寫作的必要。〔註18〕

〔註15〕楊義：《中國現代小說史》第二卷，北京：人民文學出版社，1988年10月版，第654頁。

〔註16〕靳以：《前夕・前言》，見《前夕（第一部）》，上海：文化生活出版社，1942年1月初版，第1，2頁。

〔註17〕靳以：《憶陸蠡》，見《靳以選集》第二卷，成都：四川人民出版社，1983年4月版，第483頁。

〔註18〕靳以：《憶陸蠡》，見《靳以選集》第二卷，成都：四川人民出版社，1983年4月版，第485頁。

再聯繫作者在《我怎樣寫〈前夕〉的？》中對年輕一代各個人物作了詳盡到瑣碎的交待，以及他為年輕一代所作的辯護：

「其實是因為國家社會不像樣子，這些青年人才不安分的，⋯⋯我是為這一代青年才從事的」，「我是以我對於新一代的信心和感情才用我那無用的筆來描畫一些影跡，使它能附麗這不朽的青年群上而留下一個名字。我不是沒有情感的，我寫這新生的一代，我也就在他們的中間。——不是個人，是一群，這些為他人，為人類獻上自己的血肉的。容許他們的行動有些不足或過分，可是他們的心是善良，純正的，不自私。在這偉大的時代的試金石的測驗下，他們不是死亡，就是戰鬥，——也許有些灰懶的，疲倦的，追隨不上他人的，可是沒有和敵人妥協的，也沒有落水出水的，更不說做敵人的爪牙了。〔註19〕

我們至少得承認，客觀上作者要一心一意地表現的，正是新生一代年輕人，在小說中包括雖是長輩卻同樣是年輕人的李大岳這個軍人，只因為他們是「正在生長的民族的未來」。

如果要說作者的創作意圖往往只是一種一廂情願，而不一定能實現在作品中，那麼，且讓我們回到小說文本來。在這裡，我們發現，《前夕》約六十二萬字篇幅的文本本身，整體上昭示著這個主題——小說雖然是從「家」寫起，又以「家」收尾，但對「家」與「家中人」的書寫中，對「家中人」，特別是其中一直在成長變化著人，包括靜純、靜茵、靜珠，尤其是靜珠，以及身為長輩但仍屬年輕人的幺舅李大岳，不只是篇幅上明顯多於「家」，而且整體上也更充分，是全書自然而然的重心所在。且先來看看「家中人」。

就從老一輩的說起吧。黃儉之，作為「武進黃寓」的創建者、曾經「做過大事」，在仕途上很是風光過一陣的一家之長，靳以對他的描寫無疑是不能忽視的。但到小說故事開始的那個年月，他早已風光不再、賦閒在家多年，更重要的是，這並不是退休，而是才五十五歲，卻早被時代遺棄的結果，他對此非常不甘。但是，他之被時代遺棄，正與他意識到時代已經變化但卻沒意識到這變化是一種發展性的變化，他始終「真不明白」「說新不新，說舊又不舊」的「過渡時代」究竟「這算什麼年月？」是一致的。他把一切歸結為暫時

〔註19〕靳以：《我怎樣寫〈前夕〉的？（代跋）》，見《靳以選集》第二卷，成都：四川人民出版社，1983年4月版，第476～477頁。

的「失勢」,「陳舊」地寄希望於五個算命先生的「轉運」預言以期「東山再起」——即使當長女靜宜像男子一樣挺身而出承擔振興這「家」的重擔時,他熱淚盈眶,可「最打動他的還是她也相信這個家會再興旺起來(那就是相信他的好運)」〔註20〕。——而不是與時俱進地改變自己,承認時代的進步,跟上時代的步伐。他只一味沉溺於「想當初」自己輝煌的過去,那永遠不可能重現的「過去」,更徹底的是,「對於任何一件事黃儉之都能用這相同的論調來說明,來斷定,終於得到他自己的結論」〔註21〕。對於社會之於他的「完全忘掉」,「沒有人再記起他的才乾和他的魄力」,他唯有的表示,就是「時常憤憤不平」,抱怨懷才不遇,感歎世事炎涼:

> 難說我只是一枝過時的花朵,被人丟在牆角那裡,再也不見天日,就那樣腐爛下去?雖然不能說是十二分的了不得,我總也是個人才呵?論經驗,論學識,我哪一點比不上他們那些年青人?可是什麼都沒有我的份,就要我這樣活下去等死麼?……〔註22〕

在時代面前不甘心服輸的他,卻以縱酒來「縮短了清醒的時間,……什麼都不管」——把書房「儉齋」變成了臥室兼酒窖,把許多陳釀藏在書架成套大書的背後,一有機會就飲起來,喝個酩酊大醉,在大醉中獲得一時的平靜。他並沒有意識到,表面上,這樣他似乎擺脫了煩惱,在實際上這是他對「家」的放棄,或者說,他的思想狀況和他的「什麼都不管」正是「家」本身,「家」和他一樣一天比一天的衰落。

黃儉之在治家和子女教育上自認頗為勤勉、嚴厲,「因為那是極有關於『他們一生的幸福』」〔註23〕。既是讀書人家,「禮教總是要保持的」,枕邊一部曾文正公家書被翻閱到書角捲起「像豎立起來的狗耳朵」,不僅「差不多每個星期都抽出一點閑暇來,把孩子們聚到面前,說到讀書的事,還要說到該怎麼樣才是一個好子弟」,還可以張口就引用「子弟驕怠者敗」。但他的腦子裏又染上了一點自由思想的影響,孩子長大了,時代不同了,他採用開家庭會議的形式,就某些事與兒女「商量辦」,強調「兩利擇其重,兩害擇其輕,我們都得想到我們這個家」——可實際上這只是說說而已,其家庭會議或如

〔註20〕靳以:《前夕(第一部)》,上海:文化生活出版社,1942年1月初版,第22頁。
〔註21〕靳以:《前夕(第一部)》,上海:文化生活出版社,1942年1月初版,第52頁。
〔註22〕靳以:《前夕(第一部)》,上海:文化生活出版社,1942年1月初版,第52頁。
〔註23〕靳以:《前夕(第一部)》,上海:文化生活出版社,1942年1月初版,第143頁。

靜玲所說「有自由的形式，無自由的實際」。當孩子有忤逆他的安排時，他總是先想到「在這社會上還要我怎樣為人？」為了兒女好，他早早就為頭上幾個孩子訂了親，但出乎意料，他們全都不領情。靜純算是好的，能照他的意志結婚了，但他看出他們夫妻「冷淡」，怕這「像是什麼不幸的兆頭」。面對靜宜公開站出來說「不」，他勃然大怒，覺得自己完全是被侮辱了，可聽到她說的「我什麼也沒有，我是為了家」，就什麼話也不好再說了。最令其震驚的是，靜茵竟然跟一個「野男人」出走了，讓他覺得簡直無法在社會上為人，儘管他心裏終究難以割捨對靜茵的種種擔心，還反省「這也許是由於他的教養不好，或是因為自己近幾年來沒有能給他們做好榜樣」，最終還是擺脫不了巨大的孤獨、幻滅感，他取出藏匿好的正汾酒「這是最後一次」地喝起來，一醉方休。還有，他終於戒了酒，以打太極和「飯後三千步」來健身。繼續讀下去，我們可以看到，黃儉之作為一個父親很在意孩子的幸福，但並不能從孩子的立場來思考孩子的幸福：他和孩子做「共同合作的夥伴」，卻唯自己的意志是尊；他失勢卻始終不忘應該「整頓」其家；他有一套不移的「日本不敵論」，卻又相信中國不會亡，希望自己能為國家為民族做點事，在骨子裏與作為自己民族和國家的侵略者的日本人卻是水火不相容的——他嚴斥四女兒靜珠竟然要和漢奸楊鳳洲結婚，且在靜珠婚後回家也不願見她，原封退回親日派市長送來的聘書和乾薪，在城市陷落、日方逼迫他「出山共維大局」時，他毅然決然地帶了殘餘的家人逃走，卻不幸遇難。

　　概括說來，黃儉之這個「過了時的父親」，也確是一個思維、行為和癖好都相當單純也特別的半新的舊式家長，其性格中有諸多閃光點，不失信仰且民族意識和立場鮮明、堅決不做「貳臣」「漢奸」的民族氣節。當然，就整部小說來看，他與「家」的關係，他舊式家長的形象給人印象更加深刻。

　　靜宜的母親，從李大岳出現後可知她李，但在小說中只有「母親」身份，並無具體的名字。小說第一部第七章一開頭就寫「三十年的勞碌不止損害了她的身子，也磨平了她那剛毅不屈的個性」〔註24〕。三十多年前，就是憑了堅強的個性，她才從自己頑固的家裏跳出來，與出身清貧、身無長物、除了讀書再沒他事的黃儉之結合，組建了他們共同的家。在黃儉之得到賞識參辦

〔註24〕靳以：《前夕（上）》，見《靳以選集》第一卷，成都：四川人民出版社，1983年4月版，第36頁。

政務而家境好轉後,她卻陷入情感危機,不得不花了十五年的工夫將黃儉之感化回來。黃儉之失去高位家境衰落後,她始終盼著他轉運,「那下什麼都好了」。她在與孩子們傾訴中尋找慰藉,但在孩子們心裏她和父親一樣是「過時了的人」。在靜玲心裏,「她是被病魔害得連生活的興趣也不深厚了的人」〔註25〕。正如作者所說,在小說中從頭到尾「一直不曾健康過。她不喜歡那個家,可是也又丟不開它,她不知道怎樣去愛,也不知怎樣去恨;但是她剛強的個性,還會在和大岳相見的時候流露出來,既然是自己的兄弟,那麼她就得說一是一,說二是二。可是想到是李家最後一個親人,她也是不得不軟下去,到底人還是受情感支配的。」〔註26〕她作為母親的表現是無可厚非的,但她曾經的堅強,遠遜於她的病、她的思想、心理和她迷信於燒香拜佛的「過時」,這使得她這一人物形象的符號式塑造,在小說中雖似不可或缺卻並不那麼重要。

菁姑,黃儉之最小的妹妹,因早早死了丈夫(她嫁過去時他已害著重病,本想借迎娶的喜氣沖去病魔,不想不過兩年就死了)、在婆家受著無盡無休的氣,哥哥好意接她住到自己家,一住就是近二十年。婚姻的不幸,生活的常年孤寂、不諧調,造成了她刁怪乖僻、非常人可以理喻的「貓」樣的個性。她敏感,多疑,老從壞處打量人與事;她內心陰暗,行動詭秘,喜歡探聽別人的隱私、「鑒賞」別人的不幸;還好饒舌,不斷攪局,一有機會就播弄是非,時時製造麻煩和不快,唯恐天下無事,確實是黃儉之一家的「不祥之鳥」。菁姑「由於自己的惡運,她幾乎是祈求著惡運降到每個人的身上」,甚至是「對她極好的哥哥」。這樣不知好歹的人在現實生活中並不多見。她的婚姻不幸,是不合理的封建婚姻制度摧殘的結果。她的這種變態人格,是舊禮教的非人性的塑造所致。這些都足可引起人們對人和人性的深長反思。其婚姻的不幸固然值得同情,但這種同情常常被她整個人格變態的可怕擠掉了。或許正是因此,凡讀過《前夕》的人都不會喜歡,卻又很難忘記菁姑這一個人物。

李大岳,作為靜宜們的么舅,自然是《前夕》中屬「長輩」的形象。不過,他年輕,比靜宜大不了幾歲,更重要的是,他有一顆青春、熾熱滾燙的報國心。1932年「一‧二八」事變他曾在淞滬戰場與日本人英勇作戰,被打掉

〔註25〕靳以:《前夕(上)》,見《靳以選集》第一卷,成都:四川人民出版社,1983年4月版,第320頁。

〔註26〕靳以:《我怎樣寫〈前夕〉的?(代跋)》,見《靳以選集》第二卷,成都:四川人民出版社,1983年4月版,第472~473頁。

兩個手指、小腿落了小殘疾，但不久就無奈地陷入到「自己人打自己人」的怪圈，為此難過、悔恨不已。在避難黃家的日子裏，他天天盼著當局對日開戰，但現實卻一次又一次地讓他失望，「不知道哪一天才是他顯露身手的日子」，於是經常靠遛鳥、釣魚，甚至蹲在地上看結群而鬥的螞蟻來排遣鬱悶。一次，他去舞場打發無聊時，經靜純介紹認識了一個叫 Lily 的女子，差點兒陷入情網，但內心理性的聲音警醒了他：「你要明白，你是一個軍人，你該隨時以身報國，你決不能輕易地把一個圈套加在自己的身上！」〔註27〕靜玲在知道「他也是抗日的××路軍的軍官」後，自然而然地把他想成了一個英雄，經常找他談天，兩老幼之間在抗日這件事上居然有許多共同語言。由於靜玲的影響、鼓動，他參加了學生的抗日救國遊行活動，並在重要關頭髮揮其指揮才能救援了學生和靜玲。蘆溝橋事變爆發，全面抗戰的日子到來時，他終於有了歸隊的機會，以後又帶走了靜純等青年去打游擊。李大岳在黃家長輩中是一個「另類」，他在思想傾向和行動上能與「小輩」站到一起。《前夕》的描寫重點在中日大戰「前夕」的包括黃家各個分子在內的人們的精神、心理反應狀況，作為一個與戰爭密切相關的特定群體，軍人自然是特別受到關注的。李大岳這一軍人形象的塑造，既是小說情節發展的需要，更是所表現的特定生活內容和題旨的要求。通過李大岳，作家集中、典型地寫出了當時中國一般軍人不凡的精神世界和他們在中日大戰前夕那特定境遇中的焦灼、鬱悶、痛苦難耐的複雜情緒及心境，有力地昭示了對國人民族意識和愛國心的呼喚。

再來看年輕小輩。《前夕》中的「小輩」較為單純，主要是黃儉之的幾個子女：兒子靜純、媳婦青芬，女兒靜宜、靜茵、靜琬、靜珠、靜玲，他們年齡間距只兩歲，同在「武進黃寓」生活，但性格反差頗大、個性各執一端，給人留下很深的印象。

靜宜是貫穿《前夕》的主要人物，最讓人難忘和惋惜的，是她那與其年齡不相稱的不上不下、半新半舊的思想、精神狀態，和她那兩頭不想得罪、卻兩頭都不落好的尷尬處境。這位黃家的長女三十歲不到，早年的生活也很快樂。其心情、性格的逆轉，是在她進大學的那一年，父親失去高位，母親的病情發展得極嚴重，守寡的姑姑又時不時鬧上一出，黃家整個包在淒慘的空

〔註27〕靳以：《前夕（上）》，見《靳以選集》第一卷，成都：四川人民出版社，1983年 4 月版，第 326 頁。

氣裏。「長姊若母」！靜宜這時主動、自告奮勇的，像男子一樣挺身而出，主動要求擔起了管理、振興家的責任，頗有一種「我不入地獄，誰入地獄」的懷抱和氣概，卻也從此陷入到煩人的瑣碎事務之中，身體也一天一天壞下去，「沒有快樂也沒有悲哀」。

　　母親為治病要請和尚做佛事，受過高等教育的她明知無用卻為母親好而唯心依從母親的心願，並且代母親跪拜；事後受到弟、妹們責備，她深感委屈，抱怨「你們願意做什麼，誰都不關心這個破落的家；可是你們又不一定能完全和這個家斷開，那還有什麼可說的呢！」〔註28〕而且，「她受過高深的教育，也有一份玲瓏的心胸，所以她什麼都能明白，凡是能走開的她都要他們離去」〔註29〕。一方面，她不贊成父親的包辦婚姻和固執專制——她敢於堅請父親解除早先為自己訂下的婚約，她不否認父親將為此陷入「難以做人」的尷尬境地，卻堅定捍衛自我的選擇：「不過我自己的一生也很緊要。」〔註30〕她還大力支持二妹靜茵與所愛的人離家出走，當靜茵在最後關頭遲疑不決時，她給予了強有力的鼓勵：「二妹，不要這樣，向前才是路。」另一方面，她又毫不猶豫地把自己的一切交給這個家，像父親一樣守著一個空夢。所以，當自私的弟弟對她說：「……這個家遲早是要破壞的，難道說你也像父親一樣守著一個空夢麼？」無私的妹妹對她說：「這個家終歸要遇上它最後的命運，你不覺得那個時代已經過去了麼？你把自己放在裏面還能有什麼用？你還能有那麼大的力量把時代挽回來？」她卻回答：「不，我也不那麼想，我只希望能變化得平安一點，和平一點，不要都站在兩極端上。」「所以我願意站在兩者的中間，……」〔註31〕她要自己擔起重振家業「這個陳舊的重負。——可憐的是，她擔不起來，她遲早也要活活地壓死」〔註32〕。總體上，靜宜雖然明察到家的種種不是，也明知它走在滅亡的路上，但她因為太愛這個家了，

〔註28〕靳以：《前夕（上）》，見《靳以選集》第一卷，成都：四川人民出版社，1983年4月版，第216頁。

〔註29〕靳以：《我怎樣寫〈前夕〉的？（代跋）》，見《靳以選集》第二卷，成都：四川人民出版社，1983年4月版，第473～474頁。

〔註30〕靳以：《前夕（上）》，見《靳以選集》第一卷，成都：四川人民出版社，1983年4月版，第24頁。

〔註31〕靳以：《前夕（上）》，見《靳以選集》第一卷，成都：四川人民出版社，1983年4月版，第140頁。

〔註32〕靳以：《我怎樣寫〈前夕〉的？（代跋）》，見《靳以選集》第二卷，成都：四川人民出版社，1983年4月版，第474頁。

仍不能自己地去維護它，甚至願意為之犧牲自己的一切：「我愛母親父親和妹妹們，我不記得我自己」，「只要你們都快樂，我也就快樂了。」〔註33〕她之所以一直不肯答應梁道明的求婚，在很大程度上也主要是為了這個家。儘管她一心為家、希望這個家好起來，但無論從當時國家風雨飄搖的情勢、還是黃寓每況愈下的景象看，那家的衰敗都是無可改變的，這也注定她只能成為舊家庭滅亡過程中的殉葬品。在整部小說中，從她向父親主動請纓那時起，到最後她意外地與父母親等一起落水亡故，既表現了她明敏、果斷，有主見、有定力，敢做敢為，光明坦蕩的性格，也流露了她「為自己」的矛盾、猶豫與固執。總起來說，靜宜是「武進黃寓」這箇舊家庭中一個與其他年輕一輩差異很明顯，看似單純實際卻很複雜的形象，她是「一個既對抗家、又維護家，最後隨這個家一同消逝的果決而溫情的女子」〔註34〕。

靜純，作為黃儉之唯一的兒子，一個不顧實際的哲學系學生，他有一個為他所不愛的、卻在臨死前讓他發生了「突變」的太太青芬。雖受過高等教育，他卻沒有象他父親期待的「明白自己的責任」且真正負責起來。他原本迷戀自己所理解的叔本華哲學，懷疑一切，神經敏銳。小說中他在姐姐靜宜眼裏就是以這樣的形象出場的：「那個神經不健全多疑的靜純，比她小兩歲正該顯出他的能幹來的弟弟，終日提防著別人，好像連他自己都是自己的敵人。」〔註35〕之後還有多次類似的描述：「他總是那樣，對於任何人都取著攻勢，每一個報復的機會他都不錯過；他喜歡思索，一大半的精力是化在怎樣防備別人」〔註36〕，「他原是以自己為中心地活在世上，他不大看得起別人，也不願意看；可是近來他覺得自己在受著人類的殘害。」〔註37〕靜純與妻子青芬沒有感情，而在其他女性那裡尋求寄託。而當被水性楊花的女子拋棄後，他陷入了極度頹廢與憤世嫉俗，把這種情緒發洩到正在寫作的論文中：「他好像對

〔註33〕靳以：《前夕（第一部）》，上海：文化生活出版社，1942 年 1 月初版，第 154，
　　　　156 頁。
〔註34〕張民權：《巴金的〈激流〉和靳以的〈前夕〉》，載《美與時代（下）》2010 年
　　　　第 10 期，第 31 頁。
〔註35〕靳以：《前夕（上）》，見《靳以選集》第一卷，成都：四川人民出版社，1983
　　　　年 4 月版，第 22 頁。
〔註36〕靳以：《前夕（上）》，見《靳以選集》第一卷，成都：四川人民出版社，1983
　　　　年 4 月版，第 57 頁。
〔註37〕靳以：《前夕（上）》，見《靳以選集》第一卷，成都：四川人民出版社，1983
　　　　年 4 月版，第 263 頁。

於叔本華論婦女那一節感到更甚的愛好，他極力在那上面發揮自己的意見」
〔註38〕。靜純的第一次突變，是發生在妻子逝去後：「靜純簡直是變了一個人，
他雖然還是沉默的，可是他那不可一世的氣概沒有了，他那不該有的多疑不
存在了，他那沒有依附的凌空幻想坍塌了，他一心想本分地做一個人。」〔註
39〕第二次突變，發生在全書的結尾，靜純他令人難以置信地隨小舅李大岳打
游擊去了。正如靳以所說的那樣：「有的人我知道不會愛那個靜純的，一部分
讀者會因為他後來的轉變而原諒他，對他產生好感，我在這裡要說明的是他
始終是一個個人主義者，他多讀了唯心的哲學還不曾變成一個神經病患者，
在他已經是一件幸事。他什麼都看不起，只看重了自己，他以為別人的存在
都該為了他，他又那麼厭惡他們……他居然也在淪陷後隨著他那個當軍官的
舅舅投身到戰鬥中去。」〔註40〕確實，我們一開始不會喜歡靜純的極端個人
主義表現，也確實「因為他後來的轉變而原諒他，對他產生好感」了。儘管作
者接著說：「但是不久他就又要厭倦了，那麼他的個人主義又要抬頭，如同許
多知識分子一樣，有時候不但不能幫助鬥爭，反而成為一個可厭的障礙。」
〔註41〕但在《大戰爭》並沒有寫出來的今天，與其將之看成事實，看成作者
對知識分子的強烈批判和激烈聲討，我們寧願繼續就靜純跟著舅舅去打游擊
抗日這一突變，做希望的明朗的想像。

靜茵，這個黃家最早的「叛徒」，無疑是《前夕》裏年輕一輩中一個很有
亮點和光彩的形象，她思想、行為最為激進和成熟。靜茵早些時也是稚嫩的，
晚上就要與她愛的男子坐船逃離家了，當天早上卻突然猶豫起來，不知該怎
樣才好，怕讓父母太過傷心。從離家不久寫回的長信，可看出她性格中存在
著柔弱、膽怯、依賴性等弱點，也可看出她對當時社會貧富差別等真實情況
幾乎完全茫然無知。但靜茵踏入社會後卻進步迅疾，不久就有了忘我，為他
人、人類幸福奮鬥的思想。丈夫均因為正義事業而無端失蹤，孩子早夭……
這些都沒有讓她卻步，反而使她變得更為堅強。她後來到上海落腳下來，參

〔註38〕靳以：《前夕（上）》，見《靳以選集》第一卷，成都：四川人民出版社，1983
年4月版，第263頁。
〔註39〕靳以：《前夕（上）》，見《靳以選集》第一卷，成都：四川人民出版社，1983
年4月版，第356頁。
〔註40〕靳以：《我怎樣寫〈前夕〉的？（代跋）》，見《靳以選集》第二卷，成都：四
川人民出版社，1983年4月版，第472頁。
〔註41〕靳以：《我怎樣寫〈前夕〉的？（代跋）》，見《靳以選集》第二卷，成都：四
川人民出版社，1983年4月版，第472頁。

與了婦女救國會等抗日救亡工作，並對靜玲他們的學生運動提供建議，顯示了她的成熟老練。小說最後，當靜玲輾轉到上海與她會合時問她：「你不想家麼？」她的回答是：「我有時候也想起來的，不過我一想到更大的更重要的國，我就把家忘了。」〔註42〕《前夕》正是主要表現靜茵從家走向社會後的變化和成長，寫她的堅強和為民族、國家奮鬥的精神。靜茵固然是黃家子女中最為激進和成熟的一個，但由於她很早就已從家出走、以後的成長又主要是通過寫給家裏的信呈現的，這不能不影響到這一形象的豐滿度和感染力。

再往下，靜婉是一個性格內向，習慣於沉默、感傷的文學愛好者；靜珠則是一個以「遊戲人生」為追求的交際花；靜玲最小，但卻最有朝氣，正傾向革命。因而，這一小說中真正鮮活可愛、飽滿生動的人物，就非靜玲莫屬了。更確切地說，靜玲才是《前夕》主題的集中體現者。在整部小說中，只有靜玲才可算是最主要的人物即主角，其他人物，她的父母、姑姑、么舅，她的姐姐、哥哥和同學、朋友們，都是她成長的人際環境的組成部分，她與他們的區別與聯繫，恰是她成長過程中必不可少的。

初一看，小說前兩部似乎著重敘寫黃靜宜的立身行事以及她作為「是站在父親和姊妹們中間的人」的進退不決的心理，但仔細深入思考，就不難發現，靜宜從一開始，就是「長姊若母」，在靜玲面前是以「長輩」身份出現的，從第一部第一章裏靜玲託她叫起床，到第十六章靜玲動員她參加學校的「三·一八」紀念會，對她說「我們永遠是這一個時代的人，我們不會落後，……」〔註43〕，她一句「你本來還是一個孩子麼」，「讓靜玲驚了一下，她不相信年青青的姊姊也會說出這樣的話來，她時常想著舊的時代自然和新時代不同，可是她從來總以為靜宜和她原是同一個時代的人。她望望靜宜，想尋找些什麼不同來，什麼也沒有」〔註44〕。固然，作者對靜宜也不無關注。在「武進黃寓」無聲的瓦解中，兒女一代，苦苦地守住這個家的，唯有靜宜。但這種關注，實質上與對黃儉之等長輩的關注一樣的，可用「腐爛處」「打碎」來形容其態度。

〔註42〕靳以：《前夕（下）》，見《靳以選集》第二卷，成都：四川人民出版社，1983年4月版，第449～450頁。

〔註43〕靳以：《前夕（上）》，見《靳以選集》第一卷，成都：四川人民出版社，1983年4月版，第79頁。

〔註44〕靳以：《前夕（上）》，見《靳以選集》第一卷，成都：四川人民出版社，1983年4月版，第80頁。

　　與靜宜的「老境」心態表現相反，靜玲稚氣未脫，睡覺時枕上總要放個洋囡囡，不高興時喜歡咬自己的手指，日常生活中還時常丟三拉四，可她卻活潑開朗、聰穎機靈、膽大自信，更可貴的是有一種純正，火熱，要為大眾和民族國家活著的胸懷。她一出場身上就帶有一種值得珍視的覺醒姿態——「大姊，明天可不要忘記叫起我來，至遲六點鐘總要爬起身，我不該睡得太多，我要練習吃苦！」〔註45〕這話非有起碼的自我覺醒，是說不出來的。她對討人厭的菁姑姑更是口無遮攔：「菁姑姑真象極了一隻貓，還不如爽爽快快變成一隻貓在地上爬呢。」〔註46〕「媽，菁姑從小就是一張貓臉麼？」〔註47〕小說中她第一次出門是「連跑帶跳出了門」，回家是「連跑帶跳地來了」，當靜宜嗔怪時她「一面抹著汗，一面頑皮地回答：『為什麼我不跑呢？』」〔註48〕活脫脫一個天真無邪的充滿活力的小丫頭。當靜宜憤怒得要辭去殘疾的李慶時，她的同情心就會立即表露出來：「為什麼不要他呢，他給我們當了苦差，連腿腳都殘廢了，怎麼好不要他？」「我總以為有錢人的手稍稍抬高一點，窮人就過去了。」「什麼都沒有才好呢，我們可以自己賺飯吃，我們走進社會，不愁沒有飯吃。」〔註49〕更讓人不能忽視的是，像家裏的靜婉、靜珠以及家外的趙剛等人，大多數時候都借靜玲的眼睛來觀照，借靜玲的口說出來，而她的話往往是「直抒己見」且「堅持己見」，因而給人「喜歡爭論」的印象。靜茵離家出走了，可「靜玲對於這些事簡直沒有什麼興趣，她覺得為了個人的事都不值得。靜茵不該這樣離開家，父親也不必這樣氣憤，她以為人不是為自己活著，每個人都要為大眾活著，要整個的群體活得更好些才是個人生活的目的。」〔註50〕她這種「要為大眾活著」思想，於她儘管不免抽象，卻是隨她貫穿小說全書的。當她讀到靜茵來信，知道靜茵離開家

〔註45〕靳以：《前夕（上）》，見《靳以選集》第一卷，成都：四川人民出版社，1983
　　　　年4月版，第80頁。

〔註46〕靳以：《前夕（上）》，見《靳以選集》第一卷，成都：四川人民出版社，1983
　　　　年4月版，第18～19頁。

〔註47〕靳以：《前夕（上）》，見《靳以選集》第一卷，成都：四川人民出版社，1983
　　　　年4月版，第37頁。

〔註48〕靳以：《前夕（上）》，見《靳以選集》第一卷，成都：四川人民出版社，1983
　　　　年4月版，第77頁。

〔註49〕靳以：《前夕（上）》，見《靳以選集》第一卷，成都：四川人民出版社，1983
　　　　年4月版，第55～56頁。

〔註50〕靳以：《前夕（上）》，見《靳以選集》第一卷，成都：四川人民出版社，1983
　　　　年4月版，第126頁。

後由爭取個人自由進到為他人、國家奮鬥的進步，又很坦誠：「我錯了，我不該那麼看不起二姊，我以為她只為個人，永遠為個人生為個人死，現在我知道不是了，她已經把眼光放大了，她將來是很有希望的。大姊，你為什麼不走呢？」〔註51〕

靜純、靜婉、靜珠等兄姊，以及菁姑，在作為妹妹的靜玲面前，都是沉迷於個人天地乃至走向墮落的人物。在第二部第十五章裏，有靜玲對家里人判斷的集中敘述：

> 母親呢，她是被病魔害得連生活的興趣也不濃厚了的人。大姐的視野，最大不過是這個衰落的家，她簡直是無理由地，固執地想犧牲自己，實在又對於什麼人都沒有好處。靜純是她想起來都要皺眉的人，還有那個可憐的青芬。靜茵出來了，也許她還能有一番作為，可是誰知道呢，她又離得這麼遠。靜婉是那麼一個過時的人物，她簡直又是一個多愁善感的「林黛玉」。她時常奇怪為什麼一個人的情感會那麼脆弱，她想為什麼她不能節制一下，把那點精神省下來去做點別的有益人類的事情？可是靜珠呢，她真是有害人類了。真不明白她是怎麼一份心腸，她把老年人變成年青，明白人變成糊塗，有用的青年成天垂頭喪氣，聰明的傢伙轉成愚蠢，她時常說的遊戲人間，在靜珠想起來，她是在糟踏人間。還有菁姑，她天天盼望這個家敗，她也天天盼這個國亡，她的心是：我倒了黴，讓你們也都不得好。〔註52〕

對於大哥靜純，她之前還直言不諱說過：「爸爸媽媽和我不是一個時代的人，他們不能瞭解我，我也不能瞭解他們；有的人太重情感，有的人活著只為享樂，不管是非他們還都合人性，惟獨大哥我不明白，為什麼他總不高興呢，為什麼他不替別人著想呢？一個人活著不是為自己也不是為自己的家，是為著大眾，——對了，大眾的福利，像他那樣的利己主義者早就該從這個世界上消滅下去！」〔註53〕

〔註51〕靳以：《前夕（上）》，見《靳以選集》第一卷，成都：四川人民出版社，1983年4月版，第243頁。

〔註52〕靳以：《前夕（上）》，見《靳以選集》第一卷，成都：四川人民出版社，1983年4月版，第320頁。

〔註53〕靳以：《前夕（上）》，見《靳以選集》第一卷，成都：四川人民出版社，1983年4月版，第134頁。

　　對自己個人感情上的事，她更壓根兒沒想過。特殊的時代教育了靜玲這樣的熱血青年，使其很早就把注意力放到撫育了他們的又親切又苦難深重的國家上。小說真切、筆墨淋漓地展現了靜玲和她的同學趙剛等一群人為喚醒國民、「引起一般民眾不甘做奴隸的心」所做的各種工作和付出的代價。華北增兵事件，駐屯軍萬人大演習，盧溝橋事變，北平陷落……愛國青年們有時簡直就是在這樣近乎絕望的環境下作近乎絕望的抗爭，但靜玲他們仍堅持、努力，不洩氣、不放棄。這也不是說靜玲沒有消極、悲觀的時候。一次，她問及靜婉對當前大局有何意見，靜婉竟回答說：「我對於這個問題沒有興趣。」真如當頭澆下一盆冷水，靜玲涼透了。但這只是很短時間的事，當轉念想到這些時間來的奮鬥畢竟遏制了敗類的某些行徑，也在大眾那裡留下印象時，她立時振作了，情不自禁地勉勵自己：「只有不斷的努力」，「只有努力，努力」。作品最後，她已是一個脫去了稚氣，也克服了好衝動、喜歡爭執和空發議論等缺點的比較健全而穩重的女子。小說中真正與「家」相和諧一體化而分不開的，只是老一輩的黃儉之及其妻子、妹妹，再加上「長姊若母」的黃靜宜，其他人，包括或一時候的菁姑，與「家」都處於某種程度的衝突對立的關係中。就靜玲不囿於「家」的範圍、積極投身社會上的進步活動，小說突出的是靜玲的性格中堅持、執著和不屈不撓的品質。而活潑、乖巧、穎慧的靜玲，和他的同學趙剛們所堅持的，是喚醒民眾的啟蒙工作。靜玲們意識到在當時「一方面是莊嚴的工作，另一方面卻是荒淫與無恥」的社會情態，但小說並沒有著重去表現這種情態。靜玲和趙剛他們首先是被啟蒙者，他們「把生命比作逆水行舟，勵志向上，滿腔熱血和一派春天氣息地在民族救亡圖存中尋找自身的價值」〔註54〕。他們一邊覺醒著，一邊用自己的覺醒去覺醒別人，希望更多的人都覺醒過來，不甘做亡國奴。再聯繫下面靜茵在給靜宜的信中所寫的話，和趙剛與黃靜玲的對話：

　　　　姊姊，我答應你，我也答應過均，這是我流最後一次的眼淚，
　　　我再也不這麼柔弱了。〔註55〕

　　　　姊姊，你不羨慕我麼？你為什麼不像我一樣出來呢？你可以走

〔註54〕楊義：《中國現代小說史》第二卷，人民文學出版社，1988年10月版，第657頁。

〔註55〕靳以：《前夕（上）》，見《靳以選集》第一卷，成都：四川人民出版社，1983年4月版第237頁。

的，你不該把一個活生生的人埋在那家庭的墳墓裏，難說你也隨同一些不應時的觀念一起腐爛麼？……在這個廣大的世界裏，有許多事實是我們不知道的，自由而健康的空氣鼓舞起我們的精神，我們再用這份精力來為廣大的群眾謀取幸福吧。〔註56〕

趙剛：「我們不能只看那腐爛的一面，我們還要看那光輝的一面。」〔註57〕

黃靜玲：「怎麼樣，我們有沒有留在這兒的必要？」

趙剛：「不好，我們是這裡的學生，那一下他們一定咬定是我們主動了。——」

黃靜玲：「那我們不是太膽怯？」

趙剛：「這不是膽怯，這種犧牲不必要。」〔註58〕

我們不能不肯定，《前夕》對靜玲和二姊靜茵、同學趙剛他們的故事的講述，「這都是說明在大戰前夕裏中國青年的進步，他們由柔弱而堅強，由家庭而社會，由為個人而為群，由傷感而正視現實，由單逞血氣之勇而進步到理智地辯證地走向真正的戰鬥了。這確是把握了那時一部分青年的進步性的。」〔註59〕這裡所謂「那時一部分青年的進步性」，恰恰是常常不為人們所注意到的啟蒙者自身作為被啟蒙者的生命成長性。《前夕》「是一部有豐富的生活、感情積累作基礎，感應著時代脈搏，具明顯的啟蒙意識和強烈的戰鬥精神的現實主義作品」〔註60〕。書中的主人公即青年們，正是這啟蒙意識和戰鬥精神的化身般的形象。

鴉片戰爭後，中國知識分子以救亡為宗旨的啟蒙就一直沒有中斷過，在六十多年間經歷了器物層面、制度層面兩個階段後，終於在五四新文化運動時期深入到精神心理層面。自那時起，通過啟蒙民眾以鼓民力實現救亡的工

〔註56〕靳以：《前夕（上）》，見《靳以選集》第一卷，成都：四川人民出版社，1983年4月版第240～241頁。

〔註57〕靳以：《前夕（下）》，見《靳以選集》第二卷，成都：四川人民出版社，1983年4月版第81頁。

〔註58〕靳以：《前夕（上）》，見《靳以選集》第一卷，成都：四川人民出版社，1983年4月版第100～101頁。

〔註59〕李長之：《書評副刊：〈前夕〉》，載《時與潮文藝》1946年第5期，第119～121頁。

〔註60〕陳思和、李存光：《講真話　巴金研究集刊》第七卷，上海三聯書店，2012.08，第163頁。

作，慢慢形成了現代知識分子的傳統。自「九·一八」事變後，對日抗戰日益成為國人不能不面對的嚴峻現實，然而，廣大底層民眾對此的一片茫然卻是長期沒有改變的普遍事實。這時候，一批在時代的啟蒙教育下首先覺醒起來的知識分子，包括文藝工作者和大學生、中學生在內，自覺地擔負起啟蒙民眾的歷史使命，盡己所能地開展抗日宣傳工作，共築人民群眾堅強的心理防線，同仇敵愾地抵禦外侮。其中，文藝作家們的創作也以揭露日寇的血腥罪行、弘揚民族的抗爭精神為主旨。要知道，以啟蒙為己任的中國現代知識分子，都是以社會普遍的良知、以民眾的集體利益出現的，無論是通過文學創作還是教書育人，他們都是為了教育民眾、喚醒民眾。可他們本身從被啟蒙者轉變成為啟蒙者的生命成長心路歷程，尤其是其中的艱苦複雜性，常常被有意無意地忽略，沒有得到應有的揭示和展現。

　　靳以作為新文學的第二代作家，還在中學的時候，就是魯迅先生的熱心讀者，他的處女作、第一首詩就經先生過目、發表在魯迅主編的《語絲》上，後來在主編《文學月刊》、與魯迅的直接交往過程中，更真切地感受到先生那「熱愛祖國，熱愛人民，熱愛下一代，是非分明，愛憎強烈，對真理的執著和百折不撓堅韌的戰鬥精神」〔註61〕，受到潛移默化的影響。而靳以文學創作，雖然在早期其題材範圍多限於男女青年戀愛而明顯狹窄，但從後來的發展來看，主要繼承了以魯迅和文學研究會為代表的「五四」現實主義文學的啟蒙傳統，其創作貼近現實，關注現實的社會、人生問題，注重文學的啟蒙、醒世作用和戰鬥精神。

　　正是在《前夕》中，靳以主要圍繞黃儉之一家來寫，人物也才二十來人，把表現重心放在深重的國難時代黃靜玲等青年們在極其艱難環境下所做的啟蒙、救亡工作。在國家、民族的生死存亡關頭，靜玲那群青年學生不屈不撓所做的，就是貫穿小說始終的啟蒙、喚醒的工作。綜合來看，小說第一部主要寫家，也即家事，作者有條不紊地展開黃家各人的面貌、個性、經歷及當下的境況、苦惱等，敘述舒緩從容，又含有一種哀傷淒涼、黯然茫然的情緒。在第二部從以寫家事為主逐漸過渡到以國事為主；第三、第四部更主要是寫國事的。其實，從一開始，這家事就已被賦予了國事的內涵。於是，讀者看到，一方面是動盪不安、兇險叵測、「一天比一天惡化的局勢」，另一方面是「感到更大的悲哀更大的痛苦，度著悲慘而強硬的日子」的有血氣的青年們。

〔註61〕靳以：《回憶魯迅先生》，載《萌芽》，1956 年第 8 期。

每每近於絕望之時，又轉化為悲壯、絕望中透出了希望。小說裏還不時寫到某些人物對落後、不曾覺悟的民眾和國民性積弊的各種感歎和憤激之辭——包括對偽善、口是心非的知識者的譏諷。從中，可以見出魯迅改造國民性思想和徹底、不妥協的鬥爭精神對於這一作品的影響。

正是在《前夕》中，靳以通過黃靜玲等一批充滿朝氣、敢於擔當的青年學生逐步走上啟蒙民眾的道路的故事，講述特殊環境中青年們的抗戰抗日愛國行動，由此揭示了救亡與啟蒙這兩種雙重使命的關係，即啟蒙為救亡服務，只有積極投身於時代的洪流中，參加反侵略鬥爭，才能找到出路。其中，對廣大知識分子而言，最切近實際的，就是開展民眾啟蒙工作，藉此來教育民眾，喚醒下層民眾的愛國之情與抗戰之心——「喚醒蒙在鼓裏的民眾，和那一批昏憒的傢伙們」〔註62〕，「引起一般民眾不甘做奴隸的心」〔註63〕，使廣大民眾能投身抗日救亡的事業，爭取民族國家解放和新生。為此，小說對黃靜玲、趙剛們為喚醒民眾所展開的各種啟蒙宣傳活動以及為此所付出的代價，作了淋漓盡致的描寫。

在日本侵略者步步進逼的嚴峻現實的教育下，黃靜玲和趙剛、向大鐘等熱血青年認識到日本帝國主義者在中國政治、經濟、軍事等各個方面的壓迫與進攻，親見了民族敗類對日寇的卑躬屈膝、對愛國者的兇惡殘忍，以及對人民群眾的壓榨欺騙。他們幾乎忘了個人的感情，而把目光聚焦於災難深重的國家上，懷著滿腔的愛國熱情，積極地參加紀念「三·一八」、反對華北自治、援綏募捐運動、慰問盧溝橋守軍等活動。他們這些青年知識分子身上，正蘊藏著無窮的抗戰熱情和堅不可摧的戰鬥力量，他們在血與火的交織中不斷地吶喊，以使民眾看到不甘做奴隸的人們是怎樣奮起抗爭的，進而對民眾進行宣傳教育。如在反對華北自治的請願遊行中，他們大聲呼喊「反對華北自治」、「槍斃親日漢奸」、「打倒日本帝國主義」〔註64〕的口號，雖遭到警察們的鎮壓毆打，趙剛、靜玲等人被學校開除，但這次運動卻在全國引起了熱烈的響應。

〔註62〕靳以：《前夕（上）》，見《靳以選集》第一卷，成都：四川人民出版社，1983年4月版，第417頁。

〔註63〕靳以：《前夕（上）》，見《靳以選集》第一卷，成都：四川人民出版社，1983年4月版，第480頁。

〔註64〕靳以：《前夕（上）》，見《靳以選集》第一卷，成都：四川人民出版社，1983年4月版第421頁。

　　為了在民眾中更好地進行宣傳教育，使廣大民眾領悟到時代的召喚，趙剛們這些青年又在廟會中用舞獅、新秧歌、說唱演出等通俗易懂的言語方式來啟發民眾，目的是「培養將來和日本人打仗時候有形和無形的力量」〔註65〕。在走私貨物、河中浮屍、華北增兵等一系列事件之後，日本的野心昭然若揭之時，幾千個熱血青年，高擎旗幟在日本領事館前集會吶喊，以英勇無畏的精神直面日寇。整部小說對這些青年人投注了莫大的關愛、贊同和頌揚。正是在這個意義上，「只有從靜玲、靜茵，還有軍人李大岳身上，方能看到民族的希望。」〔註66〕

　　啟蒙話語中歷來就有贊同、頌揚，自然也就有反對、批評。《前夕》中也通過黃靜玲、趙剛、宋明光這幫青年們的眼光，不僅揭露、諷刺了那些道貌岸然的知識分子，還表達了對那些落後的、不覺悟的民眾和國民性通病的感慨與激憤。例如，在國家危難的時刻，某漢奸官員只想著為自己死了十八年的母親做陰壽，甚至要舉辦熱鬧的堂會戲，委實讓人哭笑不得。一位老者聽聞此事竟然說：「總算難得，這年頭，還顧得到孝道，這總是天下一大轉機。」一個義憤填膺的青年衝口而出：「還轉呢，再轉就轉成亡國奴了！」〔註67〕小說就用這樣簡短有力的話語形式來批判國民的蒙昧落後思想。這儘管看起來似乎較為淺白而欠深度，卻顯然是魯迅、老舍等作家「國民性批判」文學啟蒙主題的探索、繼承和發揚。

　　總之，《前夕》這部小說始終佔據著讀者的心的，正是靜玲、趙剛這群青年學生在民族、國家生死存亡的關頭，不屈不撓地從事的，旨在「喚醒蒙在鼓裏的民眾」，「引起一般民眾不甘做奴隸的心」的民眾啟蒙工作；而不是「武進黃寓」這「家」及其創建者、守護者，更不是年青一代對封建制度和封建家庭的否定，如靜宜、靜茵主動要求解除父輩先前訂下的婚約而且成功。《前夕》的主旨在於通過黃靜茵、黃靜玲以及李大岳之類的青年們身上正在萌芽卻顯示出茁壯成長的態勢的民族意識和愛國熱忱，尤其是抗日救亡中的主動擔當精神——以種方式各種形式致力從事喚醒民眾的工作——這種被啟蒙者在自

〔註65〕靳以：《前夕（下）》，見《靳以選集》第二卷，成都：四川人民出版社，1983年4月版第47頁。

〔註66〕錢理群等：《中國現代文學三十年》（修訂本），北京大學出版社，1998年7月第版，第500頁。

〔註67〕靳以：《前夕（下）》，見《靳以選集》第二卷，成都：四川人民出版社，1983年4月版第55.頁。

身被啟蒙而覺醒過程中所進行的啟蒙行動，去喚醒更多青年的民族意識和愛國熱忱，使他們投入到抗日救亡的鬥爭中來。《前夕》不是在「借一個正在崩潰中的官僚家庭幾代人的生活，表現抗戰前夕中國社會的激烈動盪」〔註68〕，儘管小說中確實有對舊家庭的否定，也反映了抗戰前夕中國社會的激烈動盪。

（二）其他

1. 中篇小說《春草》

中篇小說《春草》是靳以抗戰時期的另一部重要小說作品，完成於1945年春，自1945年3月起分兩期連載於《時與潮文藝》第五卷第一、二期，上海文化生活出版社1946年4月出了單行本初版。

作為《秋花》的續篇，《春草》繼續講述了《秋花》中方家年輕一代的故事，但超越了他過去小說創作中彌漫的悲哀情調，著重表現對人類生命的希望的堅信：「生命原來不是沒有希望的，即使一個人的生命斷絕了，另外的生命繼續著，終於希望還是屬於人類的。……一切生物都這樣賡續著它們的生命，世界也因此得不致陷到滅亡。」〔註69〕在這個續篇故事的講述中，《秋花》中方明生身上還很隱晦的信仰、理想——為了大多數生命而活著，不惜犧牲自己的生命，逐漸變得明瞭起來——「在秋花裏，那個最有理想的人倒下去了，可是在《春草》裏，他復活在四個人的身上，他的小妹妹明智，他的弟弟明仁，那個不安分的女人青，甚至於那個安分的，膽小的，非常著重命運安排的芩。」〔註70〕小說中的主要人物方明智，和《前夕》中的黃靜玲一樣，也有象趙剛似的「不安分」的一幫青年朋友、同學，是個成長著的青年人，在「不僅為著自己的幸福，也為著他人的幸福」而抗爭奮鬥的大哥去世三年後，自責「像這樣的昏昏沉沉活著，還能算是活著嗎？」的二哥方明德，和三哥方明生已經投身抗日大業，她也渴望離開已經淪陷的城市，投向祖國更廣大的懷抱，「獻身偉大的工作，拯救自己也拯救他人」。就連漢奸太太王雲青也利用丈夫李初民的漢奸身份和重要地位作掩護，在一次宴客會設法毒死了幾個日本軍官，在日兵的嚴刑拷打下，為民族國家英勇地奉獻了自己卑微的生

〔註68〕錢理群等：《中國現代文學三十年》（修訂本），北京大學出版社，1998年7月第版，第500頁。

〔註69〕靳以：《春草·序》，見《靳以選集》第三卷，成都：四川人民出版社，1983年4月版，第113頁。

〔註70〕靳以：《春草·序》，見《靳以選集》第三卷，成都：四川人民出版社，1983年4月版，第113頁。

命。曾經「那個安分的，膽小的，非常著重命運安排的」李苓，也在「時代的教育」〔註71〕下覺醒起來，逐漸理解了方明生的信仰，「現在竟會什麼都不顧了」〔註72〕，以明生為楷模，繼王雲青之後走上了勇敢的有作為的鬥爭的人生道路，她冒著遭遇王雲青那樣的厄運的危險，幫助明智等人逃出了牢籠一般的敵佔區。小說整體上洋溢著詩意，筆調空靈、明澈，所寫一幫青年人的心理，也純淨而不複雜——從第三章起就只有一個中心詞即「離開家」，他們認定「向前去才是路」，他們也經受著失去親人、朋友、同學的痛苦，他們的幼稚的感性言行中正萌芽著日趨於成熟的理性思考，他們明瞭生存環境的眼前艱險，他們從羅曼‧羅蘭等前輩的啟蒙話語中獲取力量，相信「偉大的靈魂，正像一個高峰」，「當著雲霧消失了，可以看到人類的全景」，因而他們從初生春草「那極目望不斷的耀眼的鮮綠」中看到人類的希望，「抖擻著精神，踏著大步向前走去了」〔註73〕。而他們，也正如他們眼中的春草，就是正在生長著的大中華民族的未來。

在某種程度上，我們可以說，《春花》也是《前夕》結尾的某種延續和補充。《前夕》末尾，黃靜玲離開已淪為敵佔區的北平城，南下到上海和二姊黃靜茵會合了，她的父母和兩個姐姐以及菁姑也離開了——意外罹難了，可那城裏還有許許多多未及離開的青年人，他們的生活情形是怎樣的呢？等待著他們的又將是怎樣的命運呢？……《春花》中方明智及其同學的故事，恰好對此作了一個回答。尤其王雲青、李苓二人，幾乎就是對《前夕》中靜珠接下來的人生路向選擇，作了另一種預告——靳以終究沒有寫出《大戰爭》，聯繫他的說明，當可以此為寫照。

如果說《秋花》的「秋」，象徵著當時反動勢力的冷酷與兇殘，「花」寄寓著小說主人公方明生為社會進步積極奮鬥的精神，那麼，《春草》則喻示著中國社會裏那些為抗日戰爭做出貢獻的青年們那春草般「野火燒不盡，春風吹又生」的頑強生命——「但是青春的，生長的力量還是不可侮的，儘管剪去了，它們兀自生出來。只要人類不陷於萬劫不復之地，春草總還是要生長的，

〔註71〕靳以：《春草》，見《靳以選集》第三卷，成都：四川人民出版社，1983年4月版，第175頁。

〔註72〕靳以：《春草》，見《靳以選集》第三卷，成都：四川人民出版社，1983年4月版，第189頁。

〔註73〕靳以：《春草》，見《靳以選集》第三卷，成都：四川人民出版社，1983年4月版，第244頁。

希望總還是要存在的。」「我就用它獻給那些茁壯的有力的小草，他們是有理想的、勇敢的，懂得愛也懂得恨、不為一切惡勢力所屈服的。」〔註74〕《春草》是對方明智們抗戰青春的一份特殊的紀念。

2. 短篇小說

靳以兩次受聘重慶復旦任教期間，除了編《文群》、寫《前夕》外，至 1946 年夏復員上海前，還創作了《被煎熬的心——一個女孩子的故事》（1939）、《撲向了祖國——還是一個女孩子的故事》（1939）、《路——也是一個女孩子的故事》（1939）、《眾生》（1944）、《朝會》（1945.8.3）、《生存》（1946.5.8 夏壩）、《晚宴》（1946.3.23）等短篇小說。

《被煎熬的心》、《撲向了祖國》、《路》三篇收入了 1941 年 8 月重慶烽火社出版的「烽火文叢」之二即短篇小說集《遙遠的城》。《路》後來還被編入了艾蕪主編、重慶出版社 1989 年 6 月出版的《中國抗日戰爭時期大後方文學書系　第 3 編　小說　第 4 集》。靳以這三篇小說以全知視角，分別講敘了原來還在上學的青年女學生孫青芷在全面抗日戰爭爆發伊始的三段經歷。《被煎熬的心》講了青芷 1937 年淞滬會戰中和同學徐佩瑾一起到傷兵醫院做護理服務，在得知中國軍隊撤出閘北的「極不幸的消息」前後，內心倍受「煎熬」——在醫院面對傷兵們委屈、不滿、激憤的吼叫和哭泣，她還能顯出難得的理性去加以撫慰、開導，可她在回家途中「不知道這一天是怎麼過去的，下午出來的時候只覺得頭是異常地沉重，心胸間有吐不出的鬱悶。原來蘊在她心中的悲傷，這一天她只得極力按捺住，於是就像有千萬斤的重量壓在她身上」〔註75〕，而報紙上那「我八百壯士誓守閘北」的消息，讓她「心驀地一跳，全身的血都滾沸了」，立馬趕往西藏路北端去實地查證，希望看到「那八百個好男兒的英姿」〔註76〕。當家人擔心她而為傷兵醫院要拆感到欣慰時，她「急遽地搖著頭」回應：「不會結束的」，「中國兵沒有退，閘北還有的。」當她第二天再次實地查看後趕到傷兵醫院時，傷兵醫院已經開拆了，她蔑視「正精神百倍地指揮僕人打掃房子」，將傷兵和灰塵一起掃出去的教會人士李師母。然

〔註74〕靳以：《春草‧序》，見《靳以選集》第三卷，成都：四川人民出版社，1983 年 4 月版，第 115 頁。

〔註75〕靳以：《被煎熬的心——一個女孩子的故事》，見《靳以選集》第四卷，成都：四川人民出版社，1984 年 8 月版，第 525～526 頁。

〔註76〕靳以：《被煎熬的心——一個女孩子的故事》，見《靳以選集》第四卷，成都：四川人民出版社，1984 年 8 月版，第 527 頁。

而，夜裏的炮聲和第二天報紙上「孤軍壯士英勇撤退」的要訊卻以不容置疑的事實，讓「她好像從山峰上失腳落下，一直陷到幽深的谷裏，眼前一片漆黑，連亮一下的火星也沒有。……她生著一場病」〔註77〕。當然，她並沒如父母所期望的那樣安分在家休養，而是在一個晴朗天「更雄健的邁著步子」走出了家。《撲向了祖國》接著講青芷果斷離家捨愛，和靜聞乘海船離開敵人包圍的半殖民地上海，經帝國主義治下的殖民地香港，再轉乘火車去廣州一路上的遭遇和心情——在幾番躲警報之後，「第二次做人」的青芷和靜聞加入了「上海流亡學生隊」的遊行，「為了整個民族的復生」而工作了。《路》接下來講述青芷和同伴在敵機頻繁轟炸的廣州「緊張而快樂」地做了救護救災宣傳獻金等工作三個月後，終因住處被炸平而不得不再次帶著留戀踏上崎嶇艱險的新路，「滋生了新的，巨大的希望」。將三篇小說作為一個「整體」來看，不難發現，靳以有意無意間，已把青芷塑造成了一個這場充滿著血與火的考驗的民族革命戰爭中的寓言性女性形象。誠然，她在對抗戰充滿信心，執著、奮進的同時，也對自身的存在價值發生了疑惑。但更引人珍視的，是青芷在心靈倍受煎熬之際勸慰、開導傷兵時所展示出來的遠見卓識，是她那份離家捨愛的果斷及其一個人終於可無牽掛、無情感累贅地「為了整個民族的復生而」〔註78〕貢獻生命的赤熱衷腸，以及她那份「炸不毀的是我們的民氣！」〔註79〕的感悟、感動和堅信，還有她那高度理性的自我估價：

> 我永遠以為抗戰以來最對得起國家的是兵士和這些勞苦大眾。
>
> 我們自然比那些發國難財和出國難名的好得多，可是比起這些人來，我們又算不得什麼了！
>
> 那倒不一定，譬如說現在××的情形不大好了，我們能先行退出，那些兵士呢，要與城共存亡：說到許多工人呢，他們直接地在生產建設方面努力，為的使國家的力量更充足一點；可是我們呢，只知道應用，譬如說現在我們就是利用別人用血汗造好的公路，來運我們這一群沒有什麼大用的人。

〔註77〕 靳以：《被煎熬的心——一個女孩子的故事》，見《靳以選集》第四卷，成都：四川人民出版社，1984 年 8 月版，第 532 頁。

〔註78〕 靳以：《被煎熬的心——一個女孩子的故事》，見《靳以選集》第四卷，成都：四川人民出版社，1984 年 8 月版，第 536 頁。

〔註79〕 靳以：《路》，見艾蕪：《中國抗日戰爭時期大後方文學書系　第 3 編　小說第 4 集》，重慶；重慶出版社，1989 年 6 月版，第 2461 頁。

這並不是看低自己，我們對自己的估價也只能如此而已，像我
們當然比那些闊小姐交際花好得多，可是你能比那些和男人們並肩
站起的第一線的防衛國士麼？你也能比和男人一樣工作的勞動婦
女麼？〔註80〕

以及她潛意識裏對性格不羈的男性，包括像男性一樣工作的勞動婦女之「大
用」的人生價值追求：

最後的，最艱險的一節大山路，在第二天開行後的一小時，就把
它的雄姿毫無遮蓋地顯露出來了。綿亙不斷的山，躺在面前，因為沒
有樹林，正像一個兇暴的裸露的漢子躺在那裡，只是胸間生著短亂的
汗毛，再沒有平地，好像這條路將要引人走到天上去似的。〔註81〕

這些都在昭示我們，歷史上一直沒有被作為戰爭主體的女性，尤其知識女性，
正在成長為民族革命解放戰爭勝利的希望。

更深入地思考，我們還發現，與其說這是實寫青芷奔赴抗戰投身祖國懷
抱所必須要走的道路，不如說是更具象地平實表現她們的心靈發展歷程。而
這種心靈歷程，在經歷了「被煎熬」和「撲向祖國」的選擇之後，必然地在第
三篇被直接概括為「路」這一意象，生動地再現了廣大青年知識分子在淪陷
區嚴峻環境下的生存體驗和抉擇，以及逃離淪陷區奔赴大後方的流亡一路上
的心靈狀況，揭示了青年知識分子個體在那個時代的大熔爐中逐漸覺醒、歷
練、成長，最終選擇並積極主動地融入集體、走向抗戰之路的精神態勢。

儘管多數時候不以「路」為標題，但靳以小說不止一次地描述、勾勒著
一直在學校、家庭活動的青年知識分子從淪陷區轉移到大後方所經歷的路程
之艱辛，以及一路上遭遇的種種現實的挑戰。創作於1942年的《他們十九個》，
也講述了一群向後方撤退中的青年如何在困境中逐漸擺脫個人思想，最終團
結起來共同奔赴後方的故事。小說一開篇便是：「炮聲愈來愈響了，機關槍的
嚎叫在深夜裏更清晰可聞……突然一聲大炮，把房子都震得顫抖」〔註82〕。
這描述讓讀者迅速身臨其境地想像到被敵人所攻佔的淪陷區人們的生存環

〔註80〕靳以：《路》，見艾蕪：《中國抗日戰爭時期大後方文學書系　第3編　小說
第4集》，重慶；重慶出版社，1989年6月版，第2466頁。
〔註81〕靳以：《路》，見艾蕪：《中國抗日戰爭時期大後方文學書系　第3編　小說
第4集》，重慶；重慶出版社，1989年6月版，第2469頁。
〔註82〕靳以：《他們十九個》，見《眾神》，上海：文化生活出版社，1945年版，第
169頁。

境。在頻仍不斷的炮聲、機槍聲中，張、李、劉、申、王等五名學生再也無法安然入睡，他們無法忍受如此嚴峻形勢之下，校長與學校職員還把空話放在嘴邊的作為，更不願在日寇的統治之下甘做順民，於是商議離開此地去往後方投身抗戰。在途中，為避開日軍襲擊大路而在鄉民的指引下改走小路，翻山越嶺，歷盡艱難險阻，其間目睹了形形色色的逃難的人，又遇到了走大路而來的另外十四名同學。在前往大後方的路上，他們幾乎看盡了世間的喜怒哀樂的人臉，疲乏困頓卻找不到安身之處，唯有風餐露宿。漂泊的艱難極大地考驗了他們的心靈——有人會因困難而更加堅強，也有人會產生畏懼，如本來畏首畏尾的劉在與夥伴的相處中逐漸自立、自強，以集體的目標為導向並融入其中；還有那十四名動搖分子在集體前行的過程中逐漸疏離，最終脫離集體，但他們五人依舊邁開堅定的步伐大步向前……無論是在《前夕》、《春草》還是《被煎熬的心》、《撲向了祖國》、《路》和《他們十九個》中，靳以都把他自己「從個人到眾人」的時代理念與精神體驗，個人的疑慮與思忖，主張與訴求貫穿其中，在最具體的生存層面用一條艱難跋涉的「路」來象徵青年知識分子們所面臨的選擇與挑戰，突出他們作為知識分子在戰爭時代中所應有的道德姿態和歷史責任感，在投身抗戰的路途中的堅守、徘徊與成長。

當然，靳以並不只是一個只知貫徹自己主張的作家，他不能無視大後方那複雜的殘酷的客觀現實。在福建期間創作的《人們》、《眾神》或平實、或詭譎地揭示了大後方存在的人性的醜惡一面，批判了人性的扭曲和墮落，尤其「《眾神》誇張地寫一抗戰官僚，死後受審，生前種種惡行都一一得到開脫，照樣升入天國的眾神行列。一個慣用平實手法的作者居然發此奇想，證明了抗戰現實與諷刺間的天然聯繫」〔註83〕；而《別人的故事》、《眾生》、《生存》則將戰爭波及和影響下大後方民眾生存的苦難，不僅物質匱乏，還有生存和尊嚴的苦痛在內的生命之重，予以平實中見力度的揭示；《亂離》、《朝會》和《晚宴》則通過從前線回家的「她」和瑞玉的視角，以憤怒的諷刺之筆從容地暴露了大後方「非理想性」的一面——在抗戰時期大後方的「精神堡壘」中，還時時發生著醜惡的諸多社會現象，許多都市商人、官僚過得是窮奢極侈、腐化享樂的生活，他們不顧國勢危殆，不會為抗戰去奔波勞碌，更不會和廣大民眾共度難關，反而放浪於聲色犬馬之間，投機營私，爭權奪利和醉

〔註83〕錢理群等：《中國現代文學三十年》（修訂本），北京大學出版社，1998 年 7 月第版，第 500 頁。

生夢死，等等。他冷靜的諦視並展示了大後方現實與青年知識分子的大後方理想之間的巨大落差，她與季明，和瑞玉的最後選擇，是現實教育的結果，也是理想的指示，畢竟，對現實的不滿和棄絕，必須要有賴以支持生存和生活的理想。

更進一步概括地說，靳以的小說正是用這種獨特的敘述方式表現中國抗戰，細緻描繪戰爭摧殘下中國人民的災難尤其精神苦難，突出中國人民，不只是知識分子，而是每個人，在不斷的生死抉擇和生存掙扎中，流亡大後方成為他們唯一希望之路，只有以空間換時間，並勇敢地起來與外敵作鬥爭，不屈不撓的戰鬥精神，和不甘屈服的鬥志——這些，正是民族革命解放戰爭勝利的希望之所在。

3. 散文創作

1942 年 8 月，靳以的散文集《紅燭》在重慶文化生活出版社出版。這部集子共收了作者 40 年代初的 20 篇散文。它對靳以在抗戰爆發後轉折上海、廣州、桂林和重慶的見聞，和沿途感想，作了悲憤、細膩的記錄表達。知識分子在國家離亂的時節，容易產生悲觀、傷感的情緒，加上逃亡路上，家園被焚，人民流離失所，這些親身經歷，讓靳以發出「哀民生之多艱」的歷史感歎。但作為知識分子，他又無能為力。這些漂泊的戰火中求生的日子，讓他不僅看到別人的苦難，也考驗了自己自私狹窄的心靈世界，開始從國家、人民的廣闊視野觀察和思考社會。正如文集的題目所寄託的寓意，他的散文運用一些象徵的事物，對理想、信念等抽象的理念作了形象的描寫。比如，儘管「紅燭」是微弱的、經不住黑暗的深淵，它卻給人類帶來光明和溫暖。而「窗」對於囚禁牢獄的人們，象徵著走向光明和自由的通道，現實的牢籠對於充滿革命鬥志的仁人志士，只是暫時的肉身限制。

1943 年 11 月，靳以還在福建南平國民出版社出版了雜文集《人世百圖》，列為巴金主編的「文學叢刊」第九集。這本集子收錄了他抗戰前期的雜文。這些雜文起始醞釀於 1938 年夏秋之際，「在一段異常艱苦的長途跋涉之中」，靳以或坐在車邊、路邊的石塊上，一切暫時可以坐一坐的地方，開始了自己的描畫，並以「蘇麟」為筆名，先後在抗戰後方的報刊上發表，到了 1943 年 11 月，竟然斷斷續續寫了 32 篇，此時靳以有了出集子的衝動，按這一系列散文的主題與風格，又一氣連寫了 16 篇才罷手。該集子有《豬的悲哀》、《蒼蠅》、《蛙》、《狗》、《熊的故事》、《鴨的生涯》、《雄雞的死亡》等 48 篇散文。在那

個國難當頭的時期，社會上仍然是各類人物嘴臉各各不一。《人世百圖》就是在那熙熙攘攘的「人世百圖」中引發的，揭露了當時戰亂社會中各種醜惡的眾生相。其中近三分之二的散文，靳以巧妙地運用寓言的手法，明修「畜道」而暗度「人道」，通過動物來諷刺社會人情世態，比如那些常把百姓罵作「豬」的富家子弟，其實自己連豬都不如，而靠出賣他人的叛徒，跟狗一樣勢利，沒有任何節操。世上竟有鬼獸不如的人，他們投機把倒，在民族遭受災難時竟大肆搜刮財物，攫取不義之財。作者還諷刺了那些對百姓發淫威的狗腿子，他們在主子面前點頭哈腰，對下層勞動群眾窮凶極惡。散文以禽獸來指喻人，既是特殊時代的政治產物，也是作者寫作的一次大膽嘗試，富有社會深意，真可謂人世百醜圖。

縱觀靳以復旦時期的創作歷程，他實現了對全面抗戰爆發前自身創作侷限的超越，但卻又不同於當時的左翼作家群，甚至有些游離，他儘管積極參加抗日救亡活動，但骨子裏還是自由主義立場的知識分子的悲憫情懷。他不生硬地塑造革命理想人物，概念化的描述政治與革命。「他對任何人都很平和，對人永遠是平視。」〔註84〕他的作品也不是從「自我」的角度寫出去，而是真正從角色自身的角度著筆。他對下層百姓的描繪，既肯定了他們懦弱、麻木和愚昧的一面，又看到他們掙扎、無奈和痛苦的現實。他以複雜的人性去拷問人物，在合理的事件中展開人物的心理矛盾鬥爭。我們看到，作家大量的筆墨都在那些不見經傳的小人物身上，他們所經歷的事件，也不是轟轟烈烈的大事，生活的悲苦，戰亂的險惡，他們以自己的本能生存著，但在關鍵的時刻，又不失反抗的意識，折射出儘管微弱，但卻真實得極其普遍的人性光輝。

靳以的創作風格，明顯少有革命的浪漫主義的激情，而更多的是理性剖析個體人性和世間百態。儘管我們看到他對人世的腐敗與殘酷表現出絕望和厭惡，獨自沉浸在知識分子的個人苦悶中，並不像左翼作家那樣樂觀，創作出「革命加戀愛」小說模式，但他對人性的把握是相當到位的，而且在這把握中，屬於人物本身的朝氣與勇毅及整體上應該有的樂觀，卻一點也沒落下。他始終堅持對人進行正常的理性審視，人只有在墮落和絕望時，才會看清現實，慢慢走出黑暗的生活，追求光明的前景，離開頹廢浮華的過去，脫離悲

〔註84〕李香玉、王菲：《成長，是一個面，不是一條線》，載《新金融觀察》報 2015
　　　年 7 月 20 日第 50 版。

觀失望的情緒，最終找到適合自己的人生道路，看到走向未來的希望。在他的作品中，我們常看到他們描寫那些下層民眾，他們愚昧無知，面對苦難的現實，缺乏人與人正常溝通，自私冷漠。就算是塑造積極的革命者形象，也力求客觀地表現城鄉的小生產者思想，不去有意拔高他們的革命思想境界，而只抒寫他們的真實人性，昭明革命者並非完美的，不食人間煙火味的。那些都市的小市民、頹唐的革命者，那些失敗時面臨的絕望，遭背叛的憤怒，都如實地表現出人性的弱點。這也許正是靳以不同於其他抗戰作家的深刻之處。

而靳以在藝術創造方面最突出的特點莫過於，似乎沒有哪個作家像他那樣長久地屢屢用小說講故事的筆法來寫散文，或者倒過來說是用散文筆法來寫小說，許多作品既被他自己作收入短篇小說集，又被人堅持認定為散文，典型者如《眾生》，在文體區分出現了少有的激烈爭議。而之所以會這樣，大概是出於某種特別的主觀意圖吧，比如隱藏某些東西如他自己身上的「靜宜」感以至於「誰也沒發現，其實靜宜就是他自己」〔註85〕，他有意模糊小說的虛構性和散文的真實性，以求得一種似真非真、似假不假的，給讀者更自由無羈的、闊大的想像空間的藝術效果吧。對任何一位作家，其任何一篇文學作品，都首先通向自己，然後才通向讀者。作家有權利選擇不讓讀者看出什麼、看不出什麼和必須看出什麼，當然，這是需要高超的藝術功力做保障的。如此，靳以的創作無疑是成功的。

二、馬宗融：從「自剖」開始戰鬥的《拾荒》

曾在 20 世紀二三十年代的文壇上以外國文學翻譯著稱的回族知名作家馬宗融，因其「作品數量有限，也不像他的妻子羅淑那樣，不多的作品中有一些膾炙人口的藝術精品。所以，不僅一般的中國現代文學史，連同專門介紹少數民族文學的史書中，都極少提到他」〔註86〕。中國社會科學院研究生院李存光教授，曾將馬宗融的主要文學貢獻概括為三個方面：「第一，最早向中國譯介法國文學和阿拉伯文學；第二，作為回族文學、回族文化研究的先驅者，對促進回漢團結、促進回族文化和非回族文化的交融作出了很大貢獻；

〔註85〕李香玉、王菲：《成長，是一個曲，不是一條線》，載《新金融觀察》報 2015
　　　年 7 月 20 日第 50 版。
〔註86〕樊峻：《論馬宗融——兼及現代民族文學史的若干問題》，載《民族文學研究》，
　　　1993 年第 1 期。

第三，作為散文、雜文作家，疾惡如仇，貼近現實學習、繼承了魯迅的硬骨頭精神，作品富於戰鬥性。」〔註87〕前面說過，《拾荒》是馬宗融在同事翁達藻的「迫促」和幫助下自編的一本雜文集，編為翁達藻主編的「散文叢書之三」，共收散文 38 篇，分三集一補遺。「放在前面」的第一集 16 篇，是抗戰後寫的；「為《太白》半月刊的風俗志一欄所寫的幾篇入在中間」，是為第二集 11 篇；其他的第三集 6 篇，補遺 5 篇；由重慶北碚李莊的光亭出版社 1944 年 6 月 1 日出版。這本《拾荒》正好集中體現了馬宗融對魯迅硬骨頭精神的繼承和發揚，秉筆直書，告以事實真相。題材豐富多樣，不論是介紹域外風土人情，還是抒寫現實生活中的身邊見聞感受，「或燭照黑暗、揭發醜惡，或禮讚所愛、頌揚正義」〔註88〕，無不跳動著時代的脈搏，而且大都聯想深邃、寓意雋永，正氣凜然、觀點鮮明、文辭犀利、愛憎分明、真率潑辣、嫉惡如仇，洋溢著戰鬥性品質的光輝。而這一切，都緣自他有一顆「像一團火」樣的愛國愛正義的赤子之心，尤其第一集中的篇章，無不伴隨著抗戰至上的火熱情感。

馬宗融答應翁達藻編文集的「拾荒」之舉，也是一次對自我的戰鬥，而這戰鬥，是從「自剖」開始的。之所以這麼說，是因為《拾荒》裏篇篇文章都充滿著自我，有時自我的體察雖則不是主要的命題，卻的的確確成了其識人鑒物、洞察社會的基石。《抗戰時期的文人》深刻剖析、審視了包括自己在內的文人（即從事文字工作的人），在必然的中日戰爭全面爆發後對自我價值的理性省思和自我定位問題——全民抗戰，文人何為？文章很誠實地坦言：「當時我也未嘗不覺得」「在戰爭中自己將罹於無可用武之境的悲觀的感歎」「自有它的幾分理由」，但「現在中日戰爭已起，鐵血相搏正烈，我從經驗中得到的結論是：『這要看你寫什麼？怎麼寫？只要果能去做宣傳而不辭艱苦，克盡其職，文人對於國家的盡力，也就不十分弱於武士了。』」〔註89〕接著指出，如果文人能將敵機轟炸的慘狀、破城的暴行，和戰場上我軍將士「氣吞敵人之概」「以細膩悲壯之筆描寫出來，內則可以激起我們同仇敵愾的熱情，可以鼓起我們後繼軍士殺敵致果的勇氣，外則可以引起國際人士的同情，並可以將此種不屈不撓的民族精神昭示於後世。」「文人果能盡其為文人的作用，他

〔註87〕王雨：《紀念馬宗融誕辰百週年學術座談會在北京召開》，載《中國現代文學研究叢刊》1993 年第 1 期。

〔註88〕李存光：《長河中一簇細微的浪花——巴金先生保存的「追悼馬宗融先生特刊」》，載《郭沫若學刊》2016 年第 3 期。

〔註89〕馬宗融：《拾荒》，光亭出版社，1944 年 6 月版，第 1 頁。

譬如是人體內蘊的熱，有他才可以使血液湧奮；是遍布人體的神經細胞，有他的活動，才可以使全身的感覺靈敏，痛癢相顧而各部動作均得到適當的聯絡；是人類具有的記憶，有他民族的歷史才賴以永傳，民族的文化才賴以不絕。文人在民族危機最甚的時候，他的任務就越是重要。」〔註90〕再進一步闡明了一個事實：「平津上海等處陷落後，日寇即以非法手段危害我智識分子，尤注意於作文字工作的人們者，就因為敵人也早已明白了文人的厲害之故。」〔註91〕最後昭以維克多・雨果在1870年普法戰爭中的詩集《可怖之年》「在堅守時所具有的團結精神」，大聲疾呼「全國的文人們！你們也須起來作我們這世紀的證人啊！」〔註92〕《克服你如槳的筆》毫無忌諱地直陳那「我手頭的筆是不止重於一枝槳，我的情緒的惡劣也甚於困在囚船」的寫稿心境之沉重，究其原因，是發現對於「今日抗戰力量的中堅」青年與民眾的領導者中屬入了「別具肺肝的人」──他們讓自己這般文人一提筆就得「刻有戒心」地高度警惕，以防「文能賈禍」。在引述魯迅以「鷹的捕雀」、「貓的撲鼠」為喻得出「結果還是只會開口的被不開口的吃掉」的結論後，續之以火一般的激情寫道：

> 魯迅先生一輩子總在開口，絕沒有因為說過上面幾句話就要學「明哲保身」而不開口了。
>
> 全面抗戰時期極重大的需要是精神動員，而動員精神的最良武器是文字，因而我覺得在這時代的文人，應該克服他的如槳的筆，排出他夜行人的狐疑心理而自創光明；不怕開口，把自己的態度與立場表現得明明白白。那末，只要你不作漢奸，你盡力摒擊漢奸理論，危害你的人，他就是漢奸！〔註93〕

這裡有對自我的無情解剖的展示，更有對現實的透視和嚴正的抉擇。

《熱血洗淨了「××」》等文章裏繼續著這種審視。文章首先描述了一個令人振奮的變化：

> 一直到全民抗戰開始前的數年間，在我們報章雜誌上凡提到「日本」兩字，或「日」字，「倭」字，都要用「××」來替代，及

〔註90〕馬宗融：《拾荒》，光亭出版社，1944年6月版，第2頁。
〔註91〕馬宗融：《拾荒》，光亭出版社，1944年6月版，第2頁。
〔註92〕馬宗融：《拾荒》，光亭出版社，1944年6月版，第3頁。
〔註93〕馬宗融：《拾荒》，光亭出版社，1944年6月版，第5～6頁。

至全民抗戰開始之後，我們的報章雜誌上，才除去了「××」……
於是不特「日本」兩字可以痛快地寫出來，甚至「日寇」，「倭寇」
「倭奴」，「日本帝國主義」等等，我們高興怎麼寫，就怎麼寫，非
常地隨心如意，決不受一點干涉與拘束。〔註94〕

接著筆鋒一轉，擺出了更具體的事例：「《瀋陽之夜》以前除廣西外，在上海
及其他各地幾乎都是不能公演的。以前不說『打倒日本帝國主義』的口號不
容易公然地喊出，幾乎連『中華民國萬歲』這一口號喊來都不敢十分響亮」
〔註95〕，而現在，星期日晚上，和新編的《蘆溝橋之戰》一樣，同時「十分
響亮地」「痛快地、自由地喊出了『中華民國萬歲』與『打倒日本帝國主義』」
兩個口號，「我也非常被激動，也由不得喊道『殺──！』」然而，「我」很清
醒這個變化的來之不易：

這「自由」，是不是我們這些用口喊，用筆寫的人自己所獲得
的？不是，絕不是，我們所享有的這「自由」的代價是不可計量的：
乃是犧牲了東北、華北、沿海沿江各省同胞的「痛快」「自由」，以
至他們的生命財產換得來的！乃是北戰場、東戰場、西戰場，各戰
場上英勇戰士的血換得來的！區區兩個「××」──另有意義的除
外──不再見於我們的報章雜誌上，也是我們十餘省的同胞及各戰
場上英勇的戰士用汗與血來洗去的！〔註96〕

因此，為著子子孫孫的「痛快」「自由」，「還須準備著貢獻出我們自己的汗
與血來！」這裡有對自我的不無傷感的不滿，更有自我奮進的果敢。而且，
這自我奮進的果敢並未「私有」，還必須與文化工作的朋友們共勉。在《從
元旦想到文化工作的朋友們》一文中，他借著「抗戰、焦土都已成為事實」，
講求「如何支持，如何繼續與如何獲得我們所堅信必得的最後勝利」的元旦
日，寄望這一天在各報元旦特刊上看到「不少往年在別處元旦特刊上發表文
章的朋友們的名字」，因為「這些名字告訴我們的意義頗不簡單，它是在報
知我們以敵人的深入，一面也在告訴我們以促醒民眾作勵戰士殲滅敵人的桴
鼓者都還無恙。我相信大家在此時相見，定不止慶祝僥倖的生還，而更要慶
幸還能協同工作，以加強抗戰的力量，因此，我敢大聲祝賀我們的勝利，民

〔註94〕馬宗融：《拾荒》，光亭出版社，1944年6月版，第7頁。
〔註95〕馬宗融：《拾荒》，光亭出版社，1944年6月版，第7頁。
〔註96〕馬宗融：《拾荒》，光亭出版社，1944年6月版，第8頁。

族復興。」如果說祝福的核心在於被祝福者生而為人的價值核心，祝福習俗本身就是人性的自行強化方式，那麼，馬宗融在這裡對文化工作的朋友們的特別祝福裏所呈上的真心——沒有人要求他一定得在這一天祝福哪一個或哪一群文人，往深層裏說，應該算他們作為中華民族的分子，在特定歷史時期擁有一種極具魅力的身份感和使命感吧。而他的文人朋友們對他這份祝福的感念不僅深化了彼此間的關愛，而且讓彼此更緊密地融匯成了一股不凡的抗戰力量。

馬宗融勇於揭開社會的病狀。《如此成都》中，「生長在成都的」「我」，「自幼至長聽過的，見過的，都等於不曾聽見，不曾看見；及至離鄉背井，流浪在廣大的四方後」，對故鄉的回憶只有「春光明媚」、「馬路皆一平如鏡」等美好一面，「其中包含的社會罪惡，及一觸即發的內戰的毒膿，卻只能感知而未曾明切地看到。」〔註97〕以致「這次回來」，竟與魯迅《祝福》中的「我」期待著回到故鄉看到「新年的氣象」一樣，想像著「應有怎樣振興亢奮的氣象？」然而，「我」收穫的一樣也只是失望和深深的不安——儘管已經是民族復興的根據地大後方的首善之區，成都卻充斥著窮困的叫化子，包括「學貫中西」的落泊青年知識分子；「馬路已是像老人的口裏，七缺八陷」〔註98〕……《戰戰戰》裏，他直面反動派統治下知識分子「搶飯吃」的社會問題：「這三個戰字大小是迥然不同的。第一個大到彌漫全球，是為和平，為正義，為全人類永久幸福的戰。第二個廣度只籠罩得中日兩國，——它的光輝卻溢出了這兩國的境地，——是為民族復興，為保衛祖國的戰。第三個其眾多如秋夜的繁星，其小也像繁星的每個，或者其小也像每個公務人員胸前佩的徽章，這只是為個人的私利的戰。」〔註99〕他很清楚作為自由職業者的知識分子之所以「為私利」而戰，乃是反動派不合理的人事制度所導致的。「因為人要吃飯，有些人以為人多飯少，就相信了『搶飯吃』三個字。既相信飯須搶才有得吃，所以就要盡力地搶。」〔註100〕對人性洞察深刻的他同情第三種人的悽愴與辛酸，可仍要批判他們，但也不放棄他們：「幸請把你的戰字放到第二個那麼大，不夠，甚至放到第一個那麼大！」〔註101〕這無疑是「抗戰時期中國最

〔註97〕馬宗融：《拾荒》，光亭出版社，1944年6月版，第9頁。
〔註98〕馬宗融：《拾荒》，光亭出版社，1944年6月版，第10頁。
〔註99〕馬宗融：《拾荒》，光亭出版社，1944年6月版，第136頁。
〔註100〕馬宗融：《拾荒》，光亭出版社，1944年6月版，第136頁。
〔註101〕馬宗融：《拾荒》，光亭出版社，1944年6月版，第137頁。

廣大民眾和具有良知的中國知識分子的本質利益與共同願望」〔註 102〕。《徵求父母之類》則將雞雛、小鳥「脫離卵殼後的短時期內是依賴它母親的撫育」，而「一有兩片翎毛，就要展翅學飛，翅膀稍硬一點就立即自去營巢孵卵〔註103〕，來對比一個「不特受過父母的『撫愛』，還有祖父祖母也把他當珍寶」，繼承有「華敞的公館，可以租得高價的市房、住宅，以及不少的田產」的竹馬交的朋友，「由依賴父母而依賴不相干的眾人」〔註104〕的境遇，再引申開來，對國人「社會病」中的各種「依賴心」予以深刻解剖，號召同胞們放棄借助外力取勝的僥倖念頭，為了打敗侵略者，「要積極地由我去促成，促成之道在……一面英勇地抗戰，一面運用著敏活的外交；……在不懈的徹底的長期抗戰，且當運用著相當的謀略」，「最後勝利只有艱苦勇毅去取得來，絕不是可以坐待，期望或祈求得來的。」〔註105〕愛到極處，自然生恨，他對於抗戰時期的社會弊病痛心疾首，字字句句都用心良苦。

馬宗融還以自己女兒馬小彌「孩子的天真」視角，來反襯、批判包括自我在內的成人的世故眼光。《如此成都》裏，是「我的七歲半的女兒」，天真地發出了本該「我」們發出的詰問，且「把我問得沒有話回答」——

> 爸爸！你們成都的叫化子怎麼這末多？省政府的人為什麼不把那些青年有力氣的編成壯兵去打日本人；把那些殘廢和年老的人拿去養起，教他們討口，不造孽嗎？這麼冷的天氣，叫他們來試試看，不可憐嗎？〔註106〕

在《孩子的天真》裏，他說「我的孩子是我最怕的一個」。他遭遇了孩子同坐人力車為車夫鳴不平、冬晚歸家經仁厚巷時同情哀叫「冷得很啊！」的小孩叫化子，和「看見一個以臀部擦地而行的女叫化子」母女四人乞討慘狀又發問等等尷尬經歷情境中問出的「越來越可怕，越來越使你難答」的問題，尤其是那個事關全民的問題：「為什麼我們（中國人）不會齊心呢？……怎麼才會齊心喃？」〔註107〕面對孩子的天真，他作為成人坦言一面可喜，一面也

〔註102〕導夫：《時代情緒的禮讚與中國良知的宣洩——馬宗融〈拾荒〉主旨界說》，載《民族文學研究》1992 年第 2 期。
〔註103〕馬宗融：《拾荒》，光亭出版社，1944 年 6 月版，第 18 頁。
〔註104〕馬宗融：《拾荒》，光亭出版社，1944 年 6 月版，第 19 頁。
〔註105〕馬宗融：《拾荒》，光亭出版社，1944 年 6 月版，第 20 頁。
〔註106〕馬宗融：《拾荒》，光亭出版社，1944 年 6 月版，第 10 頁。
〔註107〕馬宗融：《拾荒》，光亭出版社，1944 年 6 月版，第 24 頁。

可怕；他的理性告訴他：「孩子的心象純白的紙，像他周身瑩潔如玉而細嫩的皮膚，任何一點淺淡的顏色，在他會顯得格外分明，任何一點輕微的接觸，在他會強烈地感到。」〔註108〕「孩子是看到，想到，一懷疑就問；成人卻有時不敢看，不敢想，懷疑也還藏在肚裏」。「孩子認成人為他們的導師，可以給他們解答一切」〔註109〕，其發問本無意卻「肆意揭破他們父母的瘡疤了」，讓他們父母「感到一肚子的矛盾格在喉嚨上使他解答不出」〔註110〕。他「老實不欺瞞地」承認自己「言行和思想不在一條線上」，「生活方式尤與自己的思想相左」，承認因「怠惰」而「擺不開環境的束縛」、「衝不破環境的障礙」。然而，這無奈中還有一種令人心儀的嚮往和承諾——「我們的眼光緊注著未來，我們絕對相信人類終會達到一種幸福的境界；我們知道這全在我們努力地推動，全在我們熱情地趨赴」〔註111〕！

在許多人印象中為人厚道，「正派到不能再正派的書生」〔註112〕馬宗融，對於文藝界存在的不正之風，也從抗戰現實需要出發，態度堅決地予以精闢的剖析和嚴正的指斥。在《看了川戲以後》中他寫道：「當此艱危時局」，「……這些戲或則助長迷信，或則強調封建意識都姑不具論，而就中有的戲是趣味低級，麻醉觀眾，甚至……可以產生惡劣影響的，是值得一談的嚴重問題。」〔註113〕更令他氣憤地的是：「《關門拾牌》的花面與武生完全成了小丑，全劇都在開玩笑，而開玩笑又全以變態性慾的猥褻語作中心，猥鄙惡劣，真該多吃五千毛頭大板」〔註114〕；「《擒嚴顏》一段，在這個時期演來，確實包得有很嚴重的應該注意的危害在裏面」〔註115〕，那就是讓觀眾在對嚴顏投降張飛的稱讚中誤將其漢奸行徑當英雄壯舉。他厲聲斥責：「這是多末大的一個漢奸！」「這是多大的錯誤！多壞的反宣傳！」並正氣凜然地指明：「這種造成崇拜漢奸心理的戲是應該加以糾正的！」〔註116〕進而建議看戲的人不要去戲園裏尋找麻醉劑，而應找些警醒自己不至於一天天麻痹下去的刺激；希望負

〔註108〕馬宗融：《拾荒》，光亭出版社，1944年6月版，第22頁。
〔註109〕馬宗融：《拾荒》，光亭出版社，1944年6月版，第25頁。
〔註110〕馬宗融：《拾荒》，光亭出版社，1944年6月版，第25頁。
〔註111〕馬宗融：《拾荒》，光亭出版社，1944年6月版，第22～23頁。
〔註112〕吳福輝：《沙汀傳》，北京：十月文藝出版社，1990年6月版，第191頁。
〔註113〕馬宗融：《拾荒》，光亭出版社，1944年6月版，第15頁。
〔註114〕馬宗融：《拾荒》，光亭出版社，1944年6月版，第15頁。
〔註115〕馬宗融：《拾荒》，光亭出版社，1944年6月版，第15頁。
〔註116〕馬宗融：《拾荒》，光亭出版社，1944年6月版，第16頁。

責當局嚴格取締、禁演不適時局的種種戲，同時鼓勵編演如《大同失陷後》、《四行倉庫》等反映中國軍兵英勇抗戰的新戲。對戰時大後方戲劇舞臺上宣揚的足以瓦解民眾鬥志的舊藝術，做這種嚴肅檢視，是令人欽敬的。《救救紙張》針對在物質匱乏紙張緊缺報刊用紙日益低劣，卻要相反地付出高價換刊物的抗戰國難時期，呼籲刊物多發表有益的、充實的而非粗製濫造只滿足一己之虛榮心的東西，儘量不留空白；同時批評瑪耶珂夫斯基式的「街頭詩」等「剩著很大空白」等種種浪費紙張的做法，固執地喊出「救救紙張」！《不以人廢言》批評了所謂「斗方」之「洋場才子」一類文人沉溺「鴛鴦蝴蝶派的作品與封建意識太濃厚的戀愛小說」，把「肉麻當有趣」的不良傾向，籲請「故都才子筆下留情，少寫些『肉麻當有趣』的消閒小說，而多替讀者大眾指示點『砥礪士氣』」的「好所在」，包括成為「研究學問的地方」〔註117〕。

　　蕭軍因版稅問題刊登「招標出版」廣告，並從文化生活出版社撤走長篇小說《第三代》、遊記《側面》和敘事詩《烏蘇里江的西岸》等作品的舉動，也被馬宗融視為文藝界的不良風氣之一種。1940年1月6日專門撰文《招標出版》對當時書價上漲至原來的三倍以下，而作家的版稅反由百分之十五減到百分之七點五的形勢作了分析，不僅肯定了「招標出版」這一新作為能「引起出版家的競爭，……可增加著作界的光榮」〔註118〕的意義，語氣頗多反諷意味，而且在末尾稱：「我羨慕有參預資格的作家！」〔註119〕批判的似乎是一個面，實際上針對性極鮮明，指出「『招標』，卻先要有名」，既對蕭軍以其因魯迅獎掖而成之文名去招標兌利作了批評，又委婉提醒對方該考慮自己是否夠資格「招標出版」。1月28日又撰寫了《從招標自由想到發芽豆》，肯定「作家的版稅應當設法保障」、「稿費應當提高」，為自己的評議自由作辯護的同時，又以「等不得長成老樹的嫩苗」作比喻，譏諷蕭軍之招標出版，恰若「略高兩寸苗頭」「就要在嫩苗田裏俯瞰一切，自居老樹」。至此，他並未盡意，於是再進一步苛薄地喻之雙「發芽豆」，「發了芽就算成熟了」〔註120〕。2月1日再次撰文《招標廣告與鏢旗有靈》，指明蕭軍招標廣告中「某書店」係「絕不會以賺錢為目的」、「雖在艱難困苦中，亦不拖欠」作家版稅，且繼續

〔註117〕馬宗融：《拾荒》，光亭出版社，1944年6月版，第38～39頁。
〔註118〕馬宗融：《拾荒》，光亭出版社，1944年6月版，第27頁。
〔註119〕馬宗融：《拾荒》，光亭出版社，1944年6月版，第27頁。
〔註120〕馬宗融：《拾荒》，光亭出版社，1944年6月版，第28～29頁。

出書出期刊以服務偉大抗戰時代的文化生活出版社，至少應該算是「真正以從事文化事業為目的的書店」中的一個；而蕭軍作為作家為了吃飯對版稅有要求，出版家也要吃飯也該有要求，再加上販賣商及其他亦然，那就沒便宜書讀了。這就是蕭軍所謂的「文化事業」？進而以鏢旗有靈的假設，暗斥對方把魯迅先生對自己那獎掖青年後進的善意，當鏢旗接受，拿去獲取利益，從而將諷刺加以深化。

當然，馬宗融對於藝術家的藝術創作本身，不僅不會刻薄挑剔，而且相反地給予誠摯的肯定。如《現代的畫在能表現現代的生命——寫在伍蠡甫展會前》一文，對伍蠡甫入川前後畫風從「謹守繩墨，一遵家法」到「開闊而放肆，駸駸有擺脫舊法的羈絆之概」的變化，配色徑採西畫方法，酌用透視法，點綴以時裝人物及現代的西式建築等大膽獨創，以及其與時俱進的中國畫發展觀和藝術文化自信，無不充分肯定。而且，還不忘聲明自己是因為曾有個藝術家的夢想並受過幾位善畫的師長的薰染，所以「還能體會到一個畫家的甘苦」。《勉強的幾句話》在攝影藝術與繪畫藝術的異同分析中，突出攝影藝術獨特性，指出用「有畫意」「富於畫境」褒揚只會「損卻它的真價」，讚賞沙飛攝影創作的崇高追求，「無處不寓深意，一面要替大眾寫出他們的疾苦，如大眾生活的各幅；一面要報國人以警鐘，如南澳島島民生活的各幅；而在風景的各幅中，又把大自然純美儘量地呈現在我們的面前，讓我們認識它的偉大」〔註121〕。

在《拾荒》中，馬宗融為抗日戰爭的爆發而歡呼，他斥責國民黨的消極抗日行動。「七‧七」事變發生了，一開始有識之士就要求國民政府對日宣戰，蔣介石不敢，胡說什麼宣戰有「主動的責任問題」；也不敢絕交。終於宣戰後，國民黨政府一面在戰場上做出了「抗」日的姿態，一面通過特務與日本法西斯勾勾搭搭，陰謀議和，甚至企圖勾結日寇共同反共。對此，他憤然撰文《應否對日絕交》主張：「應立即明白表示與敵斷絕國交！這樣，才一方面可以杜絕漢奸勸降的夢想，一方面可以堅定國民對政府抗戰到底主張的信念，益更激起國民一致擁護政府的熱情。」〔註122〕馬宗融針對反動派的詭辯寫道：「絕交與宣戰不同。宣戰容許有主動的責任問題，會被敵人用曲解法理或種種陰謀手段套到我們身上來」，但「我政府既已明白宣言『應

〔註121〕馬宗融：《拾荒》，光亭出版社，1944年6月版，第47頁。
〔註122〕馬宗融：《拾荒》，光亭出版社，1944年6月版，第131頁。

戰』，自不妨也明白宣布與敵『絕交』」，「召回駐日一切外交人員」〔註123〕。
這樣的篇章，有力彰顯了愛國知識分子「抗戰到底，雖至滅國滅種永不投降」
的錚錚鐵骨。

馬宗融熱愛生活，關心身邊的人，也關愛人類，他對人性的關注沒有民
族、國家的界限。《從瘋狗說起》則借對狗性與人性的分析性敘述，自然地在
對比中對人性作了入木三分的揭露和犀利無情的批判。《哦！作母親的，這些
都是你的錯！》則在平實的記敘中控訴了意大利反動當局對人性的侵害。他
去看昔日的「導遊人、語言教師」，一位「受過相當教育，具有深刻的思想，
性氣又很和平」的意大利進步青年波君，卻因為「常常用意、法兩種語言發
表些政治、社會、哲學的短論，頗能引起讀者的注意」，結果竟然無辜「愛妻
離散，身禁孤島！」在應波君的妹夫覺君的邀請去他家午餐的過程中，這位
青年的母親「絕口不提到她的兒子」，女兒女婿也「務必不讓她聽見說到她的
兒子」，她「那漠然的表面（情）很像把她兒子忘了，可是她那不言不笑的態
度，那不時暗暗射到我身上來的眼光，沒理由地時時離開我們，一對蓄著痛
淚的眼，已把所有心情都暴露得淨盡」〔註124〕。這「暴露得淨盡」，顯然只是
他的透徹感悟——波君的母親，有著無力控訴的憤懣，無法表現的哀慟，因
此，她那不控訴的控訴，就是強有力的控訴；不哀慟的哀慟，就是揪人心的
哀慟。可是，充滿了回族果敢氣質的馬宗融是忍不住的，憋不住的。所以，他
不能不代為控訴，他為母親設置一連串的反問，淋漓盡致地寫出了這位母親
難以言狀的「所有心情」：

> 你不是顯然地在我面前，並非幻夢……我還時常見著嗎？那麼
> 他呢？為什麼就不能來？為什麼人家不肯讓他來？他的自由為什
> 麼要被剝奪？他的生命為什麼自今就毫無保障？我是他的母親，我
> 深知他是溫和、正直而又能博愛人類的。他不盜不竊，為什麼竟有
> 人硬派他作罪人呢？你同他相處甚久，這點你和我具有著同感罷？
> 我此生還能見他嗎？我看見你就聯想到他，我的心碎了。我本想同
> 你談一談，只是我的喉嚨似乎被堵住了，原諒罷……〔註125〕

聽了這母愛流溢的內心獨白，誰能不為之垂淚？誰能不恨反動當局呢？

〔註123〕馬宗融：《拾荒》，光亭出版社，1944年6月版，第131～132頁。
〔註124〕馬宗融：《拾荒》，光亭出版社，1944年6月版，第98～99頁。
〔註125〕馬宗融：《拾荒》，光亭出版社，1944年6月版，第99頁。

再看「我」，馬宗融，接下來卻把一切用極憤怒卻極冷峻的語言直入肺腑地「指斥」於母親：

　　　我的眼光不時和她的眼光斗著，由不得心裏這樣回答她：「哦！作母親的，這些都是你的錯！假使你把他生作白癡，他這一輩子都會守著你。假使你只生他有對操作的手，任他人奴隸，任他人把他的勞力榨取，那麼他也會永遠和你廝守在一處。你錯在給他一個聰明的頭腦，又偏要化上些冤枉錢，讓他受什麼教育！上帝要癡愚的，你真不愧是招禍的婦人，偏要給他以智慧之果。哦！作母親的，這些都是你的錯！」〔註126〕

　　一瞬間，彷彿看見的魯迅筆下的死火，在他的溫熱下就復燃了，而且將永遠燃燒。這是對人性對母性的關懷、愛惜，是對人性的正義捍衛。

　　在11篇風俗志文章中，有吃、紋身、漆身、毀身、性教育、裝飾、婚俗以及小人國的奇特，但馬宗融深知「其實這裡以為奇的，那裡並不以為異；到那裡覺得可驚時，這裡又覺平常了」〔註127〕（《無所謂奇風異俗》），他並不是為了獵奇而寫這些文章，他是在向人們證明一條藝術發生、發展的規律：「人類繪畫和雕刻在一切身外物體上之前，先在他自己的身上開始繪畫和雕刻」〔註128〕（《裝飾》）。更重要的在於闡明現代人的「剃掉原有的眉毛來另畫兩道直入鬢角的線似的長眉」，和「不久之前的纏腳、束胸和歐洲人的纏細腰」一樣，都說明「現社會裏還遺存不少的野蠻習慣」〔註129〕（《裝飾》）。當然也可以更深入地看作他在為我們展示著人性的種種別樣的表現——人性是複雜的，有理性也不排斥欲念。風俗是人性的自然載體，也是人性最自然的流露。一些風俗裏欲念成分多於理性，因而顯得野蠻；另一些風俗裏則相反，所以文明，僅此而已。從道德上講，儘管我們贊同「唯有善良的風俗才能浸透人心，引導人的意志」，但各種風俗是善還是惡，「要由普遍的秩序來定」〔註130〕。人性本善，哪怕是盲目的善良行為，只要其普遍到成為風俗，也一定是善良風俗。任何惡俗，即使單從任一方面來看有某點可稱讚，但它本身

〔註126〕馬宗融：《拾荒》，光亭出版社，1944年6月版，第99～100頁。

〔註127〕馬宗融：《拾荒》，光亭出版社，1944年6月版，第86頁。

〔註128〕馬宗融：《拾荒》，光亭出版社，1944年6月版，第66頁。

〔註129〕馬宗融：《拾荒》，光亭出版社，1944年6月版，第65頁。

〔註130〕〔法〕讓·盧梭：《人性與風俗》，見《經典作家談人與人性》，上海：文匯出版社，2015年7月版，第42頁。

總是一件惡行。因此，鑒於「善惡這東西是最沒有準兒，一種風俗通行在那裡，幾乎就是那裡的善良風俗或平常事情」〔註131〕（《無所謂奇風異俗》），儘管馬宗融對這些風俗很少做善惡美醜的評判，但這一類風俗題材的雜文，不僅對於引導民俗學研究有著深遠意義，而且對我們審視人性，尤其是理解抗戰時期人們的種種相異的上下風俗表現，包括日兵作為人的種種表現，也是一系列極好的參照。

　　馬宗融是一個在多方面被稱為活動家的人。或因他認定文學是民族精神意志、民族文化的重要載體，又是促進民族間相互溝通理解、交流情感的有力手段，他堅信「由文藝的合作，走上抗戰建國種種國民努力的合作，我們民族的團結於是就可達到堅凝而不可破的程度」〔註132〕，所以在他頭緒繁多的活動中，用心用力最多的是文學工作。但是，他留下來的創作，只有這本問世於偉大的全民抗戰時期的雜文集《拾荒》，其中有偉大抗戰時代的要求與需要，更有他奮進的時代吶喊與謳歌，有他怒其不爭的自剖剖人與警示，有他平和力勁的風俗人性展評，有他貫通天地的民族國家大愛小愛，有他真誠勇毅的現實揭露與批判，有他深重強烈的痛苦和刺激，有他盡職啟蒙、警醒民眾的艱困而不輟，以及他對抗戰必勝的堅定信念。

　　總之，《拾荒》以熾熱的赤子之情，敏銳深刻的觀察思考，率然豪放的隨和筆調，對全民抗戰時代情緒和民族精神的張揚，鏨定了他一個正氣「閃閃發光」的、站在時代主流，以他特有的聲音喊出中華民族求生存、求解放願望的作家形象。

三、翁達藻：濃烈醒人的《西南行散記》

　　《西南行散記》，是翁達藻唯一的文學創作集。1939年元旦《復旦大學校刊》復刊號上有廣告：「本校文史講師翁達藻先生，筆名大艸，在滬文藝界素負盛譽，入川以來，尤努力創作，在各報副刊發表作品甚多，而《西南行散記》諸篇更為讀者所歡迎，翁先生因讀者要求，將《西南行散記》印單行本，聞已付印，不久即可出版。」實際上，該書因種種緣故，遲至四年多後，才作為翁達藻主編「散文叢書之一」由地處北碚李莊的光亭出版社1943年4月出

〔註131〕馬宗融：《拾荒》，光亭出版社，1944年6月版，第88頁。
〔註132〕馬宗融：《理解回教人的必要》，載《抗戰文藝》1939年第3卷第5、6期合刊，第68頁。

版。全書共收作品 23 篇，分五輯，每輯 4～6 篇不等，有散文、詩歌、小說等不同文體，是一本真正的「雜文集」。但其雜中有一，沒有一篇與抗戰這個大時代主題無關，全書透溢著濃烈醒人的抗戰氣息。

　　首先來看這部集子的第一篇《八百個人》吧。1937 年淞滬會戰的最後以四行倉庫四天五夜用生命守護中華民族尊嚴的謝晉元團四百許人之壯舉迅速傳遍國內外，中國報界等媒體宣傳讚揚並譽稱他們叫「八百壯士」，各國的媒體爭相報導，蔣介石譽之「精忠貫日」，毛澤東贊之「民族典型」，和詩人雪盦作詞、田鶴譜曲的《孤軍守土歌》（11 月 10 日發表於《戰歌周鑴》第 4 期），胡樸安作詞、張亦庵譜曲的《八百壯士歌》（11 月 15 日發表於《總動員畫報》第 2 期），以及 12 月詩人桂濤聲作詞、作曲家夏之秋譜了進行曲、從女高音歌唱家周小燕獨唱到混聲四部合唱的《歌八百壯士》等歌曲盪氣迴腸的廣為傳唱，以及各地戲劇由此而演繹出來的八百壯士形象，極大地鼓舞了全中國人民的鬥志和信心，在廣大普通民眾的心裏不知不覺間「英雄化」「神化」起來，成為全面抗戰八年間的傳奇性存在。而離開上海前目睹了蘇州河畔四行倉庫謝晉元營守土抗戰的上海人翁達藻，在隨校內遷的西南行中，自然地遇到了廣西六寨中年縫衣匠的核實，於是有了第一輯第一篇《八百個人》對四行倉庫守土抗戰八百壯士的愛敬之感覺的虔敬書寫。「散文是一種抒寫人對於人生的印象，感覺，思索的，最自由的，最合式的形式。」〔註 133〕文章不以「壯士」而以「個人」為題，忠實於作者的對謝晉元一眾將士的第一印象，他們是軍人，但他們首先是人，一個個具體、鮮活的人。是人，就會有人最基本的生存欲望，戰爭期間就會面臨生死關頭的抉擇。文章從一個設問「你想活下去嗎？」開始彷彿自言自語，卻環環相扣地緩緩議出，人世間的煩惱是掛牽，「死，只好碰到，不好去尋的」；「沒有來，去尋它，心頭掛著多少親切的人的想念去尋它，你知道那時心頭該有著些什麼味？你能受得起這個味嗎？你不能的，我也不能的。」接著回敘「去年上海有八百個人」「在一個信念和許多雜亂的父母，妻子，朋友的牽掛的憧憬中」走了一條「一定死的路」〔註 134〕。他們中，死了的被親人想念著；活著的還在租界裏拘留中憤怒著。他們的事蹟「編成了許多曲子，戲劇，在祖國的

〔註 133〕翁達藻：《〈人生興趣〉編者跋》，見曹孚著《人生興趣》，重慶：光亭出版社 1943 年 11 月 10 日版。
〔註 134〕翁達藻：《西南行散記》，重慶：光亭出版社 1943 年 4 月版，第 2 頁。

每一個角落裏唱著，演著，傳頌著」，敵佔區裏不能公開演，卻在鄉老們的私話中一律活成了「轉世的趙雲」，「膽有鵝蛋大」，他們身上閃耀著神性的光輝。作者卻提醒：「可是不要忘了，神的力量是從有血肉的人身上產生的啊！」儘管縫衣匠們「不十分相信」，他堅定地說八百壯士「像你我一樣，是人」〔註135〕，「也像你我一樣，有一顆人的心。他們也一樣，喜歡活下去，他們每個人都有他該活下去的理由」；「但是，他們卻丟了活的路不走，走死的路，是為了什麼呢？」〔註136〕追問之後，作者「懷著那位縫衣匠一樣的虔敬的心」，斬釘截鐵地說：「他們是壯士，是英雄，是神」，「壯士，英雄，神以外，他們並且是人。當一個人肯嘗你我不肯嘗的味兒，拋去了該活的理由，有活的辦法，去死，就變為壯士，英雄，神！假使他們真的有和你我不同的地方，那麼只有這一點，這一點不同，自然就大不同了。」而且斷言「一個有神性的人才是真正的人。」〔註137〕這裡有對人性的客觀印象的堅持，也有對人性的主觀體認的昇華。特別不能忽略的，是文章末尾把自己擺了進去，羞愧於冠冕堂皇地宣稱什麼「誓為後盾」「在後方努力」，因為他「不相信自己不是一個人」〔註138〕。

　　《被愛之道》似乎承接了《八百個人》末尾「現在也沒有什麼關心我的人」，可全文議論色彩是鮮明的。從文題的命名議起，順理成章地交待文章議題的由來：自己知道「不愛是寂寞的」，「愛是痛苦的」，而「被愛是怎樣」「一些都不知道」。接著大談自己的幾次恍然感悟——法國作家莫利斯（Maurice）的短劇《被愛之道》的啟示，加上「魯迅那個老頭子」的現實例證，再在嚴密分析之下證明：「死，果然是『被愛之道』了」〔註139〕。然而這個結論很快在三思後「不但頗成問題，而且覺得簡直不對」，因為「死是一切事情的極點，並不是一種特殊事件的『之道』；學校談話會上一個會員寫好文章卻因不愛而不願讀又帶來了一個啟示：「『被愛之道』就是『好』」〔註140〕；從「愛是痛苦的」往反裏猜，又感悟到「被愛是幸福的」，可深想下去的結果卻是：「知道被愛的時候，人家還愛著你，尚且不能體味那幸福，何況多半是等你知道，人

〔註135〕翁達藻：《西南行散記》，重慶：光亭出版社1943年4月版，第3頁。
〔註136〕翁達藻：《西南行散記》，重慶：光亭出版社1943年4月版，第5頁。
〔註137〕翁達藻：《西南行散記》，重慶：光亭出版社1943年4月版，第5頁。
〔註138〕翁達藻：《西南行散記》，重慶：光亭出版社1943年4月版，第5頁。
〔註139〕翁達藻：《西南行散記》，重慶：光亭出版社1943年4月版，第8頁。
〔註140〕翁達藻：《西南行散記》，重慶：光亭出版社1943年4月版，第8頁。

家已經不再愛你了」，原來，「罪過，人們在愛的園子內捉迷藏，捉這個永遠捉不著的迷藏！」〔註141〕全文語調詼諧，卻又邏輯嚴密，給人很有說服力的強烈印象。第三輯中的《謠》是一篇關於「被愛」的回敘。原本認為朋友、老師和小朋友（學生）都不關心自己死活、自己死活於這個世界沒有什麼大影響的「我」，年終告假去重慶過「都市癮」，卻在年假結束時意外生病未能趕迴學校上課，病好後回到學校方得知，那些天裏盛傳著小朋友間「我」「被炸死了」、朋友間「我」「自殺」了、老師間「我」「被捕」了的種種由推測而終於「坐實」的謠言，為其中的關心而感動，而相信了老校長所說的「親愛精誠」，照應了文章開頭的反省和自我批評。而且，這種關愛，這種牽掛，在《皮球》裏有了更高層次的象徵意義。《皮球》回憶了因走路一跳一跳而被取外號「皮球」「毽子」的、聰敏而話多還不修邊幅的友人微的一些事，實在平常不過。但其中對她的那份掛牽，透著友誼濃情的溫暖，對活靈靈的微不會死的堅信，等於堅信活靈靈的祖國不會消滅掉。這牽掛中的樂觀，閃耀著民族復興的希望輝光。

　　如果說《八百個人》只是文末把自己擺了進去，和八百壯士，或者說一切前線作戰的士兵，相對比而自感慚愧，那這種慚愧又被「六寨小學生的話」推到了「前臺」。《六寨小學生的話》從照相照背影的特例說起，突出自己「常常有一個想看自己背影的願望」，卻終因總有顧慮一直未果，而耿耿於懷。背影通常是給別人看的。可「自己的背影，為什麼這樣不容易認識？難道想像中的自己的背影和真正的自己的背影相差的那麼遠？」作者肯定「不想看自己背影的人固然多，懷疑著自己的背影，想看一看的，自然也不只我一個」〔註142〕。終於，離滬上船前在理髮店「我第一次看清楚自己的背影」，卻「頗為懊喪」。第二次是在六寨，六寨初級小學生「臉上七八十雙鄙視著我的小眼睛，聚成了一面大鏡子，⋯⋯它照出了我的靈魂的背影，它叫我看清楚了自己靈魂的背影」。在這面大鏡子前，「我」意識到「使命」的解釋將是簡單的、實在的、懦夫的、膽小的、沒用的託辭。文章末一句「第二次，在六寨，我看清楚了自己靈魂的背影！」的強調，是文人知識分子的靈魂自剖審視，在不該單一化卻都於不自覺間已經單一化了的思維中，文人知識分子唯有投筆從戎，走上戰場殺敵才是正道。這靈魂的自剖，同時也提出了另一個問題：戰

〔註141〕翁達藻：《西南行散記》，重慶：光亭出版社1943年4月版，第10，11頁。
〔註142〕翁達藻：《西南行散記》，重慶：光亭出版社1943年4月版，第12頁。

爭造成的單一化思維對人，尤其對單純的孩子的單向度塑造，又該如何看待？這種自我審判，在《洞中》得到進一步的深化。該文極其周致地記錄了一次「我」在防空洞裏躲敵機轟炸的心靈歷程，用客觀的心理事實，昭顯了求生欲念在人性中的基石地位，以及其讓人死到臨頭時身份、威儀什麼都不顧的強大力量。這裡有知識分子的自剖與批判，更有對敵寇摧殘人性、摧殘生命之罪惡的委婉曲折的控訴。

作者並不諱言自己一些似乎只屬於個人的情緒感受。《都市》敘述「跟著中國都市一同生長起來的」「我」，到重慶小住兩日「忙著過上海癮」，卻難改天津、大武漢、大廣州都市之花均已不再的現實，仍做夢，尤其夢想借助魔法，將自己的血織成一個網罩護重慶這個僅剩下的可以安閒自在上咖啡店的、「沒有被惡魔蹂躪的中國的都市，永遠完好下去。好讓我的魂靈時時可以在柏油的馬路上，冷靜的巷落裏，做幼小時候的天真好夢，從前的欣幸的夢，從前的感傷的夢」〔註143〕。這傷感中有勇毅的承諾，傳達了作者對自己生長於斯的家鄉都市上海的深切眷戀，和對日本帝國主義發動侵略戰爭的控訴。明白這一點，就不難理解作者在《柳州山水乙天下》中的「糊塗」，和《我最北，只到過南京》中的「清醒」：「山重重更高，水湍湍更急。回顧上海，更覺甚遠。」「船在激流中向上航，比蝸牛爬的還慢。」「宋玉有悲，悲在秋外。山川原是好的，我自己糊塗得古怪而已，奇秀的柳江山水，請原諒了我這羈旅人的糊塗話吧！」〔註144〕「最西南，是到過杭州，現在跑到一個山高雲深的貴州去。我丟了充滿友誼的上海，背了一袋國破家亡之感，首途。」〔註145〕自然，想起上海，並不都是美好。《黑影》中，在上海有無法擺脫的「淪為亡國奴」的黑影；而在貴陽我卻意識到它被抗戰的炮火打碎了。「我」眼看著貴陽這樣一個「山國中的靜寂的城市怎樣地在抗戰中成長起來」，「一家一家的現代化的商店開出」，「一所一所的現代化的建築豎立起來」，「一處一處的學校設立起來」，「我聽抗戰歌曲的歌聲一天一天地響起來。壯丁們唱起來了，婦女們唱起來了，孩子們也唱起來了！不論唱的好不好？不論詞句的內容多曲折，在我聽來只有一句話：／『我們不會做奴隸的了！／我們永遠不會是奴隸！』」〔註146〕即使貴陽被轟炸了，儘管

〔註143〕 翁達藻：《西南行散記》，重慶：光亭出版社 1943 年 4 月版，第 22～23 頁。
〔註144〕 翁達藻：《西南行散記》，重慶：光亭出版社 1943 年 4 月版，第 202，203 頁。
〔註145〕 翁達藻：《西南行散記》，重慶：光亭出版社 1943 年 4 月版，第 186 頁。
〔註146〕 翁達藻：《西南行散記》，重慶：光亭出版社 1943 年 4 月版，第 129～134 頁。

我對貴陽會有「用十萬二十萬字也說不清的」一刻鐘「再清楚也沒有了」的回憶，並能在這回憶中想像出貴陽炸後的慘景，那黑影終於不在了。「我」在山城貴陽看到了民族復興國家新生的希望。然而，無論三水、貴陽古城的美好再令人懷念，作者也不能不保持警惕，既警戒自己，也告誡國人。這是因為，《三水》風光是美，可「有三百個獸軍開進了三水」〔註147〕；且《貴陽，那個古城》中那個駝馬形象，已讓「我常常摸自己的背脊，想，也許就有人想來騎我了吧？有時，看見熟人神氣活現的騎著馬，我會笑，也許明天有人要來騎他的了。我明白，人和馬一樣，個個都好騎的。現在，不正有一國人想把我們都當駝馬嗎？你，雖然不像我是有些神經質的，也得擔心你的背脊，隨時都有人可以來騎你的，不要太大意了！」〔註148〕這告誡由「我」說來，何其可感！

　　背井離鄉來到西南重慶，對遙遠家鄉家人的思念，難免不讓人寂寞。《黃笑》用寂寞的筆觸抒寫了作者們流亡大後方的大寂寞。「黃的顏色，雖然是富麗堂皇，但是是寂寞的。」「我」和同室的長者我的老師，還有，張三、李四、王五等人，隨復旦大學從「從老遠，老遠的地方跑來」黃桷樹鎮，「心上，有一些在老遠，老遠的人的想念」。長者「善於幽默」，我們四個「善於笑」，然而，這「哈哈」、「罕罕」、「嘩嘩」、「嘻嘻」莫不是寂寞的象徵。對此，文中有多處細節反覆強調：

　　　　黃桷樹長著黃的葉子，長的，狹的，密密的葉子。

　　　　我到這裡來，還有什麼呢，還不是教書。大炮沒有響，我教書。炮彈在頭頂上跳著舞，我還是教書。在老遠，老遠的地方，教著書，翻過重重的山，川川的水，我也還是教書。大概出生下來的時候碰到一個壞時辰，因此就被命定了！〔註149〕

　　　　我笑，笑出聲，隔壁兩間房間也聽得見。〔註150〕

　　　　在課室裏，我聽見我自己講書的聲音，我聽見什麼地方有些黃葉子相互擦著的聲音，我聽見遠遠的嘉陵江裏急流打石的聲音。〔註151〕

　　　　上午，有人唱；中午，有人唱；下午，有人唱；晚上，更有人唱。同房間的老師是有耐心的，聽得太多了，也有一個飽的時候，

〔註147〕翁達藻：《西南行散記》，重慶：光亭出版社1943年4月版，第199頁。
〔註148〕翁達藻：《西南行散記》，重慶：光亭出版社1943年4月版，第193頁。
〔註149〕翁達藻：《西南行散記》，重慶：光亭出版社1943年4月版，第94頁。
〔註150〕翁達藻：《西南行散記》，重慶：光亭出版社1943年4月版，第95頁。
〔註151〕翁達藻：《西南行散記》，重慶：光亭出版社1943年4月版，第95～96頁。

他搖搖頭說：

「好聽極了，熱鬧極了，極了！」〔註152〕

在這裡，作者越是寫得細緻入微，越是寂寞；「我們」越是笑，越是笑出聲，越是寂寞。這種笑，卻像高高大大的黃桷樹的黃色樹葉一樣，鎮上院落裏，鎮前嘉陵江邊上，鎮後山麓上都長滿了。黃笑，是日本全面侵華戰爭製造出來的，一種浸透生命的大寂寞的笑，笑聲裏全是那個大時代的大寂寞。

《給大時代的幼小者》在26頁多的篇幅裏，以充溢著無盡父愛的口吻，回憶著敘述了「我們」夫妻初為父母，「好比帶了一副用顯微鏡做的眼鏡」，把孩子「你」「放大成了一個宇宙，別的一切都忽略了」，只知道自己是「爹爹」、「媽媽」，忘了自己的名字，忘了自己還是丈夫、妻子，曾經的浪漫；想到抗戰大時代動盪頻仍，變化無常，做父母的「早已將生命交給了國家、民族」，珍視生命，「更珍視你們，這個大時代中的幼小者的未來的自由」，「更不願意把你，我們的孩子的將來的命運交給了殘酷的，獸性的、愚蠢的、從地獄裏來的侵略者」。然而，「我們」卻「沒有把握看你長大」，於是認定，「你」出生前後的事「還是寫下來的好」。「寫的動機，也不是完全無我的，無私的，我希望，……，在我們的心愛的孩子的心上，留下一個大時代中的，兩個脆弱的人們，正確的印象。我們是過渡時代的人物，是不值得你模仿的，你是我們最心愛的，所以希望你正確的瞭解我們，瞭解我們的匆匆一生中的笑聲和內涵，希冀和悲哀。」〔註153〕接下來講述了孕育「你」期間父母的「小牛想吃桃」的浪漫，日常生活的愈趨艱困，糧錢菜錢皆少缺而借錢無著的自慚與無奈，防空洞躲警報被拒而自尊大傷只能選擇逃往五六里外的鄉郊等悲喜際遇。讓人難忘且不能不感動的，是母親在經濟極困難的日子裏堅持為「你」預備小衣褲的溫馨母愛——「人類自有快樂以來的最大快樂，一個母親覺得自己有了孩子的快樂，人類自有希望以來的最大的希望，一個母親對於自己懷著的孩子的希望，充塞了你的母親的心。什麼疲倦，飢餓，轟炸，警報都不能長久擾亂她的輕快的心境。」〔註154〕當然，還有父母對孩子「你」的感謝：「謝謝你，我的小女兒：你教我們怎樣以微笑去對付貧困，你教我們怎樣在危機的時候安定自己的心神，你教兩個不善適應新環境的，過慣了懶散的都

〔註152〕翁達藻：《西南行散記》，重慶：光亭出版社1943年4月版，第96頁。
〔註153〕翁達藻：《西南行散記》，重慶：光亭出版社1943年4月版，第29，30頁。
〔註154〕翁達藻：《西南行散記》，重慶：光亭出版社1943年4月版，第38～39頁。

市生活的人去努力適應新環境，你教兩個脆弱的人變成了勇士。」〔註155〕經濟艱困並非短時可以改善這個現實是殘酷的，父母終因房錢拖欠住處被強縮成一個房間而尊嚴掃地，以致一聽「篤，篤，篤」的打門聲就怕，直到郵差送來一張五百元匯票另租了新房，當天母親因招待朋友第三次上街而過度勞累提前臨產，父親雨夜求滑竿不得，幸好絕望之際好心的巡夜警察以「權威」啟動滑竿並打亮手電護送到醫院順利生下了營養不足以至於瘦得只有「四磅半重」的「你」。此後「你」母親不再覺得上防空洞是件苦事，她笑著，她在因自己哺育不能正常而導致「你」陷入餓死危險之際，七日七夜沒合眼，終於「你的臉色紅潤起來了，身體熱起來了。二個月，你還只有七磅重；四個月，你已經有十三磅重了；六個月你竟重到十九磅！」〔註156〕文章最後從「你」推及「你們」，將時代性述說得格外分明：「你和你的那一代的中華民國的公民記住你們的母親罷。從防空洞出來，我看見你們的母親：有的抱了一個孩子，有的抱了一個孩子，一手牽著一個孩子，有的抱了一個孩子，牽著一個孩子，跟著三四個孩子，他們的臉色個個都是菜黃的。我想到她們是怎樣把斗米斛珠的糧食省下來營養你們。我想到她們怎樣在這個日常惡劣的空襲之下，為了你們的安全而奔波。我想到她們在防空洞中，當敵機轟轟地在頭上的時候，怎樣地在很多人怒目而視之下，慰撫噪鬧著的你們。我想到她們怎樣在獸兵衝進來的時候，兵荒馬亂之際，帶了你們向自由的處所跑。我想到她們怎樣在人地生疏的異鄉，在無立錐之地的異鄉，像可憐的燕子一樣，獨身地，堅苦地築起一個小小的巢來撫養你們。你的母親是這些偉大的母親之一，你記住處罷。」〔註157〕全文「絮絮叨叨」卻始終不給人瑣碎、冗長的沉悶感，這是因為，在任何一個沒有麻木的中國人，對抗戰那個大時代裏現實的、感性的任何個人的具體日常生存狀況，都存著一個細緻瞭解的親切關懷，可再詳細的敘說似乎都不能百分之百還原呢，更何況，這絮叨裏寄託著對人性的完善的期待。

小說《野獸》所講也是人性的故事，可概括為三個意外。第一個：杭州淪陷後的1938年暮春，李老太帶孫子瑞官在門口玩陀螺時，偶然路過的日本士兵森谷克已竟把酷似他兒子的瑞官抱走了。面對這意外，李老太本能地驚

〔註155〕翁達藻：《西南行散記》，重慶：光亭出版社1943年4月版，第40頁。
〔註156〕翁達藻：《西南行散記》，重慶：光亭出版社1943年4月版，第49頁。
〔註157〕翁達藻：《西南行散記》，重慶：光亭出版社1943年4月版，第49～50頁。

呆、驚慌、慟哭了,鄰里的私議與幫忙,想出「唯一的,可是決然無效果的辦法」,即到維持會試試,李老太徹夜地燒香磕頭跪拜,求祖宗顯靈菩薩保佑。第二個意外是,天亮時森谷克巳把孩子給送回來了,給瑞官買了糖果,還送了五百塊錢,寫了一封信。信裏解釋了自己昨天的行為以求得到諒解,並請求李老太送瑞官給他做螟蛉子,還約了如果答應就下午二時到劉莊會面。李老太與四鄰再次商量對策。出於清楚「大家的性命都在日本人手中,他們要你死,你就不得活;要你活你就不得死。如果不去,森谷惱羞成怒,那就糟了」〔註158〕的鐵血現實,過了下午二時才有二位熱心的老人家,賠了李老太帶了瑞官,戰戰兢兢去會面。第三個意外是,到了劉莊會面地點,卻發現森谷克巳已經上弔自殺,還留有一封遺書。遺書首先說明自己不是失望於李老太未按時會面而自殺的,而是因為明白李老太們怕來又不敢不來,自己「永遠沒法得到瑞官的敬愛」,「沒有一個日本人能夠在中國得到心靈上的安慰」,「又失去了所有的親愛的人」,孤苦的他「覺得沒有一些兒生趣」〔註159〕,所以自殺。他渴望卻不願騙取李老太的愛憐,坦陳了自己曾有一個時期作為「一個最慘酷的,最沒人心的殺人的野獸」的罪惡行為,那不是他想要的自己,戰爭中「長日長夜地沒有睡眠在生死之間掙扎,子彈和大炮的聲音,長官們的殘酷的教育,加了自己的絕望的苦悶」,叫他「變成了一隻殘酷的野獸」〔註160〕。他不求諒解,他斷言整個在中國作孽的日本軍隊只有毀滅一條出路,他祝福「瑞官平安的長大,做一個自由快樂的中華民國的國民」〔註161〕。這意外,尤其是後兩個意外,之所以為意外,是因為李老太們和一般中國人一樣,對日兵只有殘酷無情的「野獸」印象。深切感受了戰爭苦難的他們,很難還把日本兵當成人來正常看待。戰爭把人性單一化了,在日兵是,在中國廣大民眾也是。小說的故事講敘「實實在在的」,「不羼一些想像的成分,不多加一個字,也不減少一個字」〔註162〕,客觀地呈現日兵人性被戰爭異化,卻難以泯滅,且終要復歸的事實,不僅控訴了日本軍國主義發動這場侵略戰爭對中日人民犯下的罪行,而且向中國廣大民眾昭明:日兵還有作為人的人性、愛心和良知未泯,不是完完全全地變成了純粹畜性的野獸,整體上富於積極

〔註158〕翁達藻:《西南行散記》,重慶:光亭出版社1943年4月版,第60頁。
〔註159〕翁達藻:《西南行散記》,重慶:光亭出版社1943年4月版,第61頁。
〔註160〕翁達藻:《西南行散記》,重慶:光亭出版社1943年4月版,第62頁。
〔註161〕翁達藻:《西南行散記》,重慶:光亭出版社1943年4月版,第63頁。
〔註162〕翁達藻:《西南行散記》,重慶:光亭出版社1943年4月版,第50頁。

的啟蒙意義。

　　《老虎精》和《空墳》類似魯迅《N先生的故事》，借小說人物的口完成故事的講述，而且主題也相近。《老虎精》老湯講他和妹妹的故事，其中妹妹的愛聽老虎精故事、聰慧、勇敢和不幸，令人難忘。《空墳》裏增城講他德國妻子娜的故事——在玩笑地開場後，曾留學德國的老同學增城對「我」講述了他德國妻子娜的故事。娜與他相愛、排除一切困難與他結婚、和他一起回國生活並能幹地養育三個孩子，卻終於在中日開戰後被德國領事館下通知召回，娜愛他和孩子們，卻不得不離開，痛苦內疚之際，請他幫忙造個空墳，給孩子們一個自己病死的印象，以免孩子們以後生活在對母親丟棄自己的痛恨裏。兩篇小說裏都充滿著愛，前者是兄妹之愛，後者是夫妻之愛和母愛，然而這一切都因為一場戰爭給破滅了，原本好好的關愛變成了生離死別的不幸。作者藉此控訴萬惡的戰爭拆毀了一個個家庭的罪惡。偶得注意的是，《老虎精》中對王小姐之丑、老湯之紅鼻子的白描，簡直絕了。

　　《重慶的炸》是一首震撼靈魂的戰鬥詩。全詩分五個部分。第一部分頌讚山城重慶的風光，突出五月的好天氣，與重慶人洋溢著和平、欣喜的美好生活。第二部分描述了重慶人們躲警報時的混亂及踩踏慘劇，可與《洞中》部分描寫配合讀。第三部分借東西方宗教文化形象，說轟炸是「五月的好天氣」「引地獄裏的惡魔到天上來飄」，「吹地獄的火焰到人間來燒」，瘋狂作孽，把人頭、人腳、人手、人血、人骨充作天女花，造成綿服灰、人骨灰難分，人體焦臭彌漫的慘象。第四部分特寫似地描述轟炸中小孩及其母親的顫抖，幾千人幾千粒心的顫抖及生死與共，特寫一個母親在黑暗中摸到她的孩子已死而「忘記了人間世可以哭」的悲景。第五部分寫轟炸後全民的團結互救。從人力車夫到「有一面好算盤」的老闆，「人人伸出了他的救護的手，／千千萬萬小的，／化成了一隻巨大無敵的手；／人人拿起了斧頭，／千千萬萬的，／化成了一把巨大無敵的斧頭」〔註163〕，「人人忘記了自己，／仍然為著人家忙；／這裡／象徵了全民族的團結，／這裡／表演了中華兒女不可侮的力」〔註164〕。全詩現場感鮮明強烈，情感由舒徐而冷靜，而激憤，而憤怒，而沉痛，而昂奮，而希望，具有極強的感染力。

　　作者還對大後方社會現實生活中的經濟、文化和眾生相予以了揭露和批

〔註163〕翁達藻：《西南行散記》，重慶：光亭出版社1943年4月版，第152頁。
〔註164〕翁達藻：《西南行散記》，重慶：光亭出版社1943年4月版，第154頁。

判。《希臘時代沒有的東西》以「與其哭著抗戰，不如笑著抗戰，與其哭著去死，不如笑著去死」〔註165〕一句格言，將抽煙一事昇華到了抗戰高度，但更引人的是就吸煙者的經歷體驗夾敘夾議，既直接照出了人性中癖好的複雜性，又側面反映了抗戰時期重慶的經濟狀況之一角。《義務》中剖析、審視了「罵娘姨成了義務，娘姨被罵成了權利」，和全民抗戰後西南鬧起了娘姨荒，娘姨惡化了的怪現象。《客貨車》語頗詼諧。在騎馬、坐滑竿、坐汽車比較後，著重敘述了自己坐「客貨車」從重慶回貴陽做了三天「客貨」的經歷體驗，和盤托出其捍衛人性尊嚴的批判性觀點：「國難中，車輛缺乏，拿貨車應應急，來運客，原是不可厚非。然而辦事的人的心目中不把同胞當作人，對於老幼沒有一些些同情，不給他們想一些辦法，那是喪心病狂的。國難中，難道公務員就該把同胞當做東西看了麼？我們，這些當客貨的人們，願意為國難受任何苦，卻不願意給人家當做東西。」〔註166〕《國家亡、匹婦有責》借對「她」字與女權的議論進行邏輯分析，推論出匹夫無關，滑稽地斷言：「救國並非難事，只要全國女子大家穿布旗袍好了。」〔註167〕末了還戲言：「我現在正在研究這種邏輯，只要我一學會了這個邏輯，我立刻可以辯才無礙。」〔註168〕《風雅的同胞們》則在溫婉的談話中，明確指出：「事無雅俗的區別，得看人怎麼樣。」〔註169〕對在女學生來募傷兵捐時不應募，卻在女學生走後討論起女學生的年齡與漂亮來的朋友們，對閩北戰時將同胞的血漬詠以「底事桃花著地開」的詩人們，以及著迷於風雅的好人陳先生等附庸風雅，甚至託風雅之名行不雅之實、心里根本沒有國家河山的同胞們，予以了無情的諷刺。文末寫道：「文人是民族的精華，精華當然是少的；文人能雅，更難能可貴，所以謝謝天，我們的風雅的同胞到底還不多。」〔註170〕這是慶幸，也是無奈，更是怒其不爭。

在集中《明日的中國文學（代序）》裏，翁達藻相當完整地闡明了他的文學主張。在總體上，他主張：

> 明日的文學，應該是一種談話的文學，像一個人隨便談話一樣

〔註165〕翁達藻：《西南行散記》，重慶：光亭出版社1943年4月版，第155頁。
〔註166〕翁達藻：《西南行散記》，重慶：光亭出版社1943年4月版，第170頁。
〔註167〕翁達藻：《西南行散記》，重慶：光亭出版社1943年4月版，第174頁。
〔註168〕翁達藻：《西南行散記》，重慶：光亭出版社1943年4月版，第175頁。
〔註169〕翁達藻：《西南行散記》，重慶：光亭出版社1943年4月版，第177頁。
〔註170〕翁達藻：《西南行散記》，重慶：光亭出版社1943年4月版，第181頁。

的自由的，夾議論，夾記敘的文學。……明日的文學應該從一切形
式的定型的束縛中解放出來，它沒有一定的形式，然而包括一切的
形式。它無所謂詩，無所謂小說，無所謂報告，無所謂戲劇，無所
謂論文，它只是依照作者感覺的真實的程序，自然的程序，像談話
一樣自由地忠實地寫出來。一篇明日的文學中可以包括有以小說和
報告的形式所寫的記敘，有以詩的形式所寫的感歎，有以論文的形
式所寫的議論，有以戲劇的形式所寫的對話和表情。然而明日的文
學是明日的文學，它既非小說亦非戲劇，更非什麼論文和詩歌。它
是作者對自己的感覺的忠實的記錄，一種忠實的自傳式的文學。

　　明日的文學中將無所謂寫實主義，無所謂自然主義，無所謂浪
漫主義，什麼主義都無所謂。你有理想，你不必無聊地虛構一個故
事，你就老實地說，你有那麼個理想，你忠實地把理想當作理想地
寫出來好了。你對現實有著精深的觀察和分析，你就把你的觀察和
分析忠實地當作觀察和分析地寫出來好了。理想和現實原是一致
的，不是對立的，天下沒有不以現實根據的理想，也沒有不能理想
化的現實。

　　在明日的文學中，一篇寫作可以包括多種形式，可以隨作者的
方便，隨所要表演的感覺的方便，選用各種可能使用的形式。不但
可以選用現在流行的文學形式，而且解放到可以隨便選用古老的形
式。不問形式的新舊，不論形式的種類，只要在作者覺得合適都可
以自由選用。〔註171〕

在具體寫作上，他「有提倡散文的意思的，更有擴大散文的內容，以致
包容各種文體而成為一種綜合的新文體的意思」，他「所謂散文是一種集合各
種文體的長處的，可以記敘，可以抒情，可以說理的談話式的綜合文體」，認
為「小說應該散文化」〔註172〕。據此，這本集子中一些作品似乎既可以當小
說讀，也可以當散文讀，如《野獸》、《皮球》等。換句話說，這本集子當可算
作翁達藻走向「明日的文學」的初步嘗試吧。或許用嚴格的文體意識來衡量，

〔註171〕翁達藻：《明日的中國文學（代序）》，見《西南行散記》，重慶：光亭出版社
　　　　1943年4月版。
〔註172〕翁達藻：《〈人生興趣〉編者跋》，見曹孚著《人生興趣》，重慶：光亭出版社
　　　　1943年11月10日版。

這嘗試會有諸多可指責的地方，但從作品本身的內容及其表達口吻上，大概還不能不承認他在忠實於自己人生印象、表現社會深切和對讀者表示親切等方面的成功。

總之，翁達藻的《西南行散記》，篇篇都不脫離抗戰，「忠實地」談論了抗戰中的他自己和他所感所知所見所聞的種種人生印象，啟蒙意味鮮明，抗戰氣息濃烈。每一篇作品都情感豐實有致，幾乎每一篇的開頭，都很平和、舒徐，往後有的就越來越激越，甚而至於暴烈，最後又復歸於和緩、平靜。敘談語調有輕鬆的也不乏嚴肅的，有的散漫也不乏緊張的，有激動的卻更多平靜的，整體上現實感極強，令人讀來倍感親切，又不能不從中警醒。

第二節　學生作家

一、姚奔：《給愛花者》、《痛苦的十字》

姚奔在「九‧一八」後隨父從吉林流亡關內。1935 年在北平就讀東北中學期間，參加了「一二‧九」運動。「七‧七」事變後不久，其父遇害，隨華北流亡青年乘船至青島輾轉到西安，每天到國民政府的接待站吃飯，隨後被安排在國民黨軍隊搞文秘工作，開始了短暫的軍中生涯〔註 173〕。1939 年夏考入復旦大學新聞學系，是年冬開始文學創作，次年即迎來他長達五年多的詩歌創作高峰期，在《大公報‧文藝》、《國民公報‧文群》、《益世報‧文藝》、《聯合畫報》等報紙副刊和《文藝陣地》、《現代文藝》、《自由中國》、《戰時文藝》、《詩文學》、《詩家叢刊》、《文藝雜誌》、《天下文章》、《文聚》等雜誌上發表作品上百篇。1940 年秋冬發起組織文藝墾地社，次年夏又發起籌辦詩墾地社編出《詩墾地叢刊》。其詩集《給愛花者》（1942 年）和《痛苦的十字》（1944年 5 月）先後編為「現代文藝叢刊三輯之一」和「詩墾地叢書」出版。1943年夏從復旦大學畢業後到重慶英文報紙《自由西報》做記者，因參加民主進步活動引起特務注意，在報社社長的關照下辭掉工作避到沙坪壩孫栗的父母家中，不久經朋友介紹進了英國大使館新聞處管理資料。姚奔除前兩本詩集所收之外的詩歌作品，在 1950 年代準備結集出版，紙型都已經弄好，但終於因為政治運動原因未能出版，並在後來連同所收藏的《給愛花者》和《痛苦

的十字》在「文化大革命」中被抄走而遺失了，〔註174〕是為憾事。姚奔的詩作中，《別》和《新生》〔註175〕被選入陳荒煤總主編、公木主編的《中國新文藝大系1937～1949詩集》（中國文聯出版公司，1996年10月版），《我選擇了那顆星》被選入臧克家序的《中國新文學大系1937～1949第44集 詩卷》（上海文藝出版社，1990年12月第1版）。

　　姚奔的作品中雖有《紅夜》、《他迎著正義的槍聲跑來》等頗具「七月詩派」特徵，但未被劃歸為「七月派」，也未引起詩歌研究界的注意和重視。《給愛花者》和《痛苦的十字》一起表明，與詩墾地社的其他詩人相比，姚奔詩歌創作的特出之處在於，抗戰期間從沒有人像他那樣對「我們」——群體／國家、民族賴以再生的強大力量之所在——加以高度集中的表現和歌頌。一在故土的受難史和民族的屈辱史中發現「我們」，他就開始了傷痛纏綿又渾厚洪亮的頌歌：

　　　　我們驕傲／我們生在青年的中國

　　　　我們不是馴服的奴隸，／我們是我們的仇敵的仇敵！／／那不甘屈膝的／首先揭起叛旗／在嚴冬冰雪的草原上／在盛夏密茂的山林裏，／與我們的敵人／做著頑強抗爭的，／那歷盡千辛萬苦／冒險犯難的／抱著赤熱的忠情／跋千山／涉萬水／投向祖國的懷抱的／那頻年流浪在祖國的土地上，／忍辱負重地／掙扎在飢寒線上／卻仍毫無怨尤地／倔強地戰鬥的／／噢！讓我用一個聲音／代表千萬個聲音／匯成一個洪大的聲音／異口同聲地／勇敢驕傲地／答覆吧：／「那是我們，／那就是我們呵！」

　　　　我們是反抗的符號，／是鬥爭的實體，／我們，／是打碎昨天／那一切不合理的／創造明天／那一切光明的開路人

　　　　在好多年前，／有一個響亮的聲音，／向世界／宣布了我們的誓辭：／「來到這個世界上，／是為了反抗的！」／是呵，／我們是為了反抗而來的！／我們就是為了反抗而來的！／我們是向著仇敵進攻的叛徒！

　　　　我們是失去了家鄉，／只有祖國的流浪人，／我們沒有路。

〔註174〕據2000年11月6日對姚奔家人的採訪手記。
〔註175〕《新生》原題《再生的歌》，發表於1941年1月16日《國民公報》副刊《文群》第254期，收入《痛苦的十字》時，題目改為《新生》。

　　我們沒有路，／我們的路／是不是路的路，／而我們在走著，／千千萬萬的人都在走著／走在這不是路的路上……／而當我們走過的時候，／一條苦難的路跡就留下了，／留在我們的身後，／而我們的面前，／還是沒有路呵！／然而，我們要走，／為了一個必然的未來／我們要走，／為了千萬人追慕著的／一個遠大的理想／我們要走，／我們必須要走／走在不是路的路上。／／在沒有路中，／我們要踏出我們的路——／有生命的日子／就有戰鬥，／有戰鬥就有路，／而我們的路／就是戰鬥的路呀。

　　我們是被歷史的鞭子／從舊世界的囚牢中驅趕出來的／被自覺的良心／從沉迷的睡夢中喚醒的／一群人類苦難的兒女，／一群走向民族解放之路的戰鬥者啊！

　　我們走過來了，／我們是沒有休停地走過來了，／走過十年苦難的路。／十年流浪的歲月，／十年艱苦的戰鬥，／我已由孩子長成為大人，／今天，我已變成／一名堅強的戰士，／我已知道怎樣走著我們的路，／怎樣去戰鬥了。

　　我們的路是遙長的，／因為歷史的路原是遙長的。／正如人類解放鬥爭的路一樣，／我們還有未走完的路——／這路，不是我們自己獨存的路，／這路，是全世界被壓迫的民族／都要走的，／全世界不願做奴隸的人民／都要走的／一條廣大的遙長的／歷史的路呵！

　　我們看出我們路的遠景——／彷彿，那裡有一面無邊際的／黎明的大旗，／在高空無涯際地飄展，／彷彿，那裡有無數光明的信鴿／在疾迅地飛翔，／人類的喜音到了，／爭取解放的新芽／已遍地生長，／夥伴們，走呀！／向著黎明的旗子飄展的方向……

　　　　——《十年的路——為紀念「九‧一八」十週年而作》

這頌歌裏有的是與「青年的中國」一道成長的驕傲，同仇敵愾激發的民族歸屬感，把「我」和「我們」一體化了。「我們」「只有祖國」，「我們」就是「祖國」。「我們」是「流浪人」「沒有路」，「祖國」也「沒有路」。「我們」是「為了反抗而來」，「祖國」亦然。「我們必須要走／走在不是路的路上。」「我們要踏出我們的路——／有生命的日子／就有戰鬥，／有戰鬥就有路，／而我們的路／就是戰鬥的路呀。」儘管十年來一路「充滿荊棘／布滿苦難」讓人「不

忍回憶」，儘管山河丟失了、夥伴戰死了、「爸爸媽媽的一代」也只能夢想「故園的墓門常為他們打開」，但「終於，我們走上這條路了」，「我也親眼看見」「比我們更年幼的一代／一天天地成長，／成長起來，比我們更堅強地／也跟著我們走呵，／走在不是路的路上」，「我們」必須「戰鬥」地走出「祖國」的「路」，又不止是「祖國」的「路」，還是「全世界被壓迫的民族」、「全世界不願做奴隸的人民／都要走的／一條廣大的遙長的／歷史的路」，「因為這條遙長的路／才是我們真正回家的路呵！」「這路，正待我們用勇敢的腳步／來走！」「我們決不回頭！／我們只舉目前瞻」，「向著黎明的旗子飄展的方向」，遍地長成「爭取解放的新芽」，「人類的喜音」！於是，「我們」既是「祖國」，又超越「祖國」，「我們」成了「全世界」，成了「人類」。這就是日寇鐵蹄下受難的、傷痛的「青年的中國」的「我們」，胸襟開闊，驕傲又坦誠，堅強又勇毅，穩健又大氣！

　　如果說這洪亮裏終究還有著受難者的傷痛和悲哀，那麼，到寫於同年10月29日、刊在「詩墾地叢刊」第二集《枷鎖與劍》上的《我們》，則已真正是唱得「驕矜」了。這「我們」，「共有一個太陽，／太陽閃耀的光線，／把我們底心／聯結到一起，／我們／是一體／我們必須要高聲地呼喚：／『我們！』／我們必須要驕傲矜地歌唱：／『我們！』／因為我們生長在這個時代／就有無比的榮光！」詩人坦誠、自信而無所顧慮地展示「呵！你看我們！」可以看到的，除了「我們」的數目、姿態、情熱、歌聲和整個生命的美麗而健康之外，還有「我們」引為驕傲的歷史使命：「我們跨入苦難的世紀，／開創新生的年代，／我們底腳步，／察察地，／踏過人類的史頁；／我們底歌聲／洪亮地／響過世紀的穹門，／我們用鋼鐵一般的／生的意志／彈奏著歷史的音弦，／與宇宙萬有的生命／我們合奏著／偉大洪壯的交響！」這「我們」「生的意志」的音響，氣勢宏大、迫人心魂！「我們」確信「有了我們，／這世界才顯得不寂寞，／有了我們，／大地都顯得分外年青」。奔騰無阻的江河、雄巍傲岸的群山、深山大野茂盛苗長的草木，乃至「宇宙萬有的生命」，「就是我們生命的象徵！」「因為我們和它們／命運是相同的／意志是合一的／我們都是走向新生的鄉域。」這主觀認同已臻至「與萬物為一」的境界！這要何等的胸襟、何等的驕傲才能唱出來啊！更令人欣佩的是，這洋溢著宗教般的熱情的「我們」身上寄託了一種徹底的社會理想：

　　　　我們是從舊世界的囚牢裏／奔逃而來，／我們走向美滿的新生

的鄉域；／我們要創造那空前的／人類合理生活的機體；／我們要
建立那／人間合理的新關係！

——《我們》

引領「我們」奔赴這理想的就是「我們」眼中的「黎明」。看吧，「那偉大無比
的向宇宙展開的／黎明的光幅，／就是我們戰鬥的錦旗」，而「旗，是我們意
志的象徵，／旗，永遠指示著我們行進的方向。」(《戰旗》)這「黎明」之「旗」
下是一種希冀：「當我跨上黎明的路口，／我曾親眼看見／那黑夜／怎樣悲哀
無主地／披著蒼老的白髮，／踏入黎明為它掘好的／葬身的墓穴……」(《黎
明的林子》)與此相應的，是詩人敢於宣稱：「春來了，／春天是我們底，／是
我們播種的季節啊！／我們要播種，／播種下那一粒粒的自由的種子……」
(《春來了，我們要播種》)而數目眾多的「如夜天數不盡的星子，／我們在
帶滿傷痕的／祖國冰寒的大野上，／擴散著，／馳驅著」，就是實現社會理想
的保障。而且，詩人接著化用英國浪漫主義詩人雪萊的詩作《西風頌》最具
鼓舞力量的，預言革命春天即將來臨的末兩句意境，以「我們」「野花」般的
「燦爛盛開」，給生活在抗戰時代苦難艱困中的人們以希望：

時候雖然才入嚴冬，／卻像是春天到了，／我們在荒草接天的
郊原，／隱現著我們的身影，／像千萬朵無名的野花／向著初升的
太陽／我們燦爛地開了，／那拘執地黏附於寒泥的枯草，／都羞愧
地／向我們低下他們的頭……／而我們，／卻更驕矜地歌唱著我們
自己！／／寒風從我們身邊掃過，／落葉拍打著我們的肩頭，／我
們並不畏縮，／打一個寒噤，／抖抖雙肩／我們是倔強的！／因為
我們知道／落葉是誰的命運！

——《我們》

而「我們」已然把這希望當成現實，就活在這理想的預言中，並因此唱得更
加驕矜了：「如此，我們更堅定了／我們新生的信念，／向著我們偉大的旗幟
／我們更響亮地／唱出我們的歌——／我們歌唱我們自己／和哺育我們長大
的／苦難的世紀！」(《我們》)

據鄒荻帆回憶，該詩發表不久，就有張白滔先生撰文在《力報》上稱讚
說：「這是一首相當令人滿意的作品，詩人唱出了『我們』的驕傲，『我們』的
榮光，『我們無比的力量』。」他在引了第八節即「我們／數目是眾多的，／姿
態是無比活躍的，／情感是沸騰的，／歌聲是響亮的，我們的生命／如同我

—282—

們的理想／是美麗而健康的！」之後說：「這是如何洪亮的聲音啊！有了這聲音，世界才不會寂寞，才能得分外年輕，也唯有這聲音，才使『舊世界的囚牢』粉碎，人類的殘渣顫抖，以至死亡。」他還摘引了最後一節並接著評論道：「這裡『落葉是誰的命運』一句是多麼優美啊！這是有血有肉有顏色有聲音的句子，就憑了這一堅強的信念，『我們』度過多少險惡的難關而不畏縮；多少難堪的打擊而不氣餒。不難看出，詩人姚奔的詞彙是簡潔，有力，有促緊讀者視覺的作用。」〔註176〕

在姚奔的詩中，「我們」知道「星火可以燎原，／我們不該忽視自己的力量」，「在嚴寒的冬夜」，「在沒有光亮的原野」，「燃起我們生命的火炬，／讓我們的生命燃燒，／把黑暗燒成明亮的光輝。」（《燃起我們生命的火炬》）這「要追求我們所愛的聲音／撲滅我們所恨的聲音」，「要無聲地期待／也要無聲地追求」（《無聲的》）的「我們」，是由一個個的「我」集合生成的。這一個個「我」是「迷路了」的「夜行的歌人」，全靠「撫摸著自己這顆跳躍的心／證明我還是一個生活著的人」，為「靈魂要尋找燈火，／人活著要尋找希望」，「眼前漆黑／心在跳蕩」的「我」決定要做「燈光的追求者」，「為了追求一個理想／我要尋找燈光」（《燈火的追求者》）。也正因有這追求，當所愛之人的「突然消失」〔註177〕後，他儘管為此困惑而沒放棄追問「一個無聲的別，／她到哪兒去了呢？」，卻不是做「愚傻的人猜測」，而是作了推己及人的自我解答：「她原是沉默而熱情的」「她別了個沉默的別」，「她別了個熱情的別」，「昨天黃昏的路上，／她還投下一個微笑的影子，／今天在黎明的夢裏，／她就乘著理想的車子／走了。」「她走上一條非常艱苦的路……」而讓「她」「走」的「那力量是偉大而神奇的」。（《別》）

這一個個「我」滿懷著對日本侵略者的家仇國恨，似乎什麼都能「點燃起我心頭仇恨的火」，如幾座「突起於花草紡織的／眠床上的新墳」（《新墳》），如嘉陵江的一次漲潮──「江水，有它的狂怒，／我，也有我的憤慨呵」，「遙

〔註176〕鄒荻帆：《記詩人姚奔》，載《新文學史料》1994年第4期，第196～203＋141頁。

〔註177〕據姚奔的夫人孫栗及同學們回憶，1940年春夏期間，因靳以老師在習作課上讚揚一篇文章《燈》，引起姚奔對作者方應蓮的關注進而愛慕，他還專門寫了一篇文章「唱和」。對方是否回應過不知道，但姚奔自此有了牽掛。對方作為非黨員革命積極分子在1941年初在中共組織安排下「撤退」離開復旦而「突然消失」。是年4月27日的雨夜，姚奔對這份牽掛的無疾而終予以了詩意書寫，這就是《別》。

指著那被／侵略的馬蹄／踐踏著的我們底土地，／我壓抑不住心頭的怒火／對江潮，我要高歌，／狂放地，我要高歌，／歌唱出，我滿心的仇恨與／憤怒呵。」（《江潮》）

「我」無時不在思戀著被敵人踐踏的家鄉、故土。「而我，就來自那塊祖國底廣大的土地上啊！／北方，雖然不是我生長的故鄉，但我卻對他寄著無限的懷想，就像懷想我那已經掉了八個年頭的故鄉一樣。……」「在北方有黃河滾湧著黃色的濁浪」，「有廣袤的土地」，「有雄偉巍峨的高山」，「春季，揚著北中國獨有的風砂」，「冬天，有刺骨的寒風」，「鴛毛似的雪花」……「現在的北方怎樣了呢？」「北方，該是悲哀的了吧！」「但，不，北方永遠是爽朗，雄偉而明快的——」「無數的淪陷的土地上的我們底人民，都知道『為了生怎樣去死』」「現在她是戰鬥起來了……」（《我來自遙遠的北方》）那離開家鄉又回到家鄉又離開的「王老四」（《騎馬的人》）是對故鄉的牽掛，也是對故鄉戰鬥的期冀。那「風由北方吹來」「用會心的語言，／告訴我北方的故事」，「我行走在南方，／心卻在北方，／呵，北方，／我懷念著你」（《風從北方吹來》）「我在嘉陵江岸上，／踏著突起而又堅硬的石子，／呼吸著山野與江水混合的／清馨的氣息／而使我生出無限的癡想與希望的，／是那遠天飛過來的第一塊雲頭，／從遠方吹來的江風／（你們來自哪裏呢？／可曾帶給我一些我所希冀著的／家鄉的消息麼？）」「（今天，在敵蹄踐踏下的／家鄉的山水，／還是那樣壯美而明快麼？）」（《我在嘉陵江岸上》）「我」盼著「為時代的苦難所桎梏」，「刻滿苦難的痕紋的」「祖國的土地」迎來解放，「遍地都是新生的綠手／在向光明揮揚，／解放之歌唱起了，／新的世界在誕生／在誕生呵。」（《土地解放之歌》）

「我」「最貧窮」，貧窮到只有「偉大的祖國」還可以「稱為我的」（《貧窮》）「我」知道「理想與夢都是美麗的」，但「夢是最狡詐的騙子，／它是不結果的花」（《夢》），因此「把理想做舵／希望當帆／乘著海上的風浪／航行得很遠／很遠……」（《理想》）「我」是有著徹悟的明朗心境的：「緊緊地關上回憶的門，／那些過往的幕　不許再揭開。／／人是生活在今天，／不是生活在昨天，／希望的針指著未來／呵，把未來的門向我打開：／讓我的歌，我的心／插上翅膀向明天開花的國土，／勇敢而疾速地飛翔……」（《心境》）「我」對「人」的概念是有著自己的清晰體認的：「呵，生活在人群裏，／我為什麼竟感到人的寂寞？／／而整日如此騷擾著我的心的／又只是狗的狂吠

／梟鳥的獰笑／和一些叫不上名字的／軟體動物的嘶鳴……／我真是多麼渴切地要聽到人的聲音呵，／兄弟們，揚揚手吧，／只求你們勇敢地喊一聲：／『兄弟，我在這裡！』／就夠使我感到欣慰與堅強了。」（《啊，風呵，吹吧！》）很顯然，狗、梟鳥和軟體動物不是「我」心目中的人，它們「作為人」的存在，只會讓生活變得沉悶，然而，「我」居然生活在他們的群裏，因此「我」感到寂寞，「渴切地希望聽到人的聲音」，當然，不是「那些人們」的聲音。《那些人們》還有著更清晰的分類描繪。「我」即使是「背負著／一串數不盡的愚腐的日子」被「壓得彎了腰」「垂了頭」，在「戰爭的火洗煉著我們的日子」也「要挺挺胸／抬抬頭」，「到黎明的樹上／攫取光明的葉子」（《我要挺挺胸》）。

儘管「不是超人／我也有悲哀」（《悲哀》），但「我」是有著強大的主觀力量，能夠「做出他自己的選擇」的生命個體：

> 人間的悲哀與痛苦／不能使我低頭，／希望在我，誰也不能奪去──
>
> ──《悲哀》

> 你不能譏笑我：／「為什麼那樣愚傻，／偏走上這條坎坷遙長的路？」／為了千萬人仰慕的一顆星光，／我寧願嘗受一切的艱苦；／情願的，我做一個迫求光明的傻子，／卻不願做一個腐爛自己底靈魂的／聰明的奴才！／／這顆固執真理，／奔赴黎明的心呵，／我不放棄，／誰能奪取？
>
> ──《我不放棄，誰能奪取》

這一生命個體可以代表千千萬萬的（青年）人，但無疑首先是詩人自己。詩人在讚頌「我們」的同時，並沒有放棄「自我」作為個體的主觀戰鬥意志。而且，正是這強大的主觀戰鬥意志支撐著「我選擇了那顆星，／它在黃昏出現，／夜深更明」，它「溫存地照耀著我，／像我親人的眼睛。」「它陪伴著我，／度過長夜，直到天明。」（《我選擇了那顆星》）

詩人時時不忘向世人告白作為個體的自我的姿態：

> 為了一個理想，／我生活著，／我歌唱著／工作著，／我有快樂。
>
> 我寧肯不要生活，／假如我不能自由地唱我底歌。
>
> ──《浪花集》

　　——我不是「教徒」，／我也有著教徒的信心。／我懂得冬去春來的道理。／我在針氈上滾動。

——《在針氈上滾動——答贈陸夷兄》

這樣的生命個體有時也以「他」的姿態出現，如《他是怎樣歌唱的》。當然，這時「他自己只是萬人的一頭，／他的心伴萬人的心而搏動」，「他底自己／是由萬人的自己編成的」（《給自己至上的人們》）。

　　畢業步入社會，太多的不和諧很快把「生活在理想的追求裏」的詩人拉回了現實，結果「我」「只有背起痛苦的十字」：

　　　　美麗的想望常不開花，／開花的夢又常不結果，／人與人間總有距離，／瞭解太難，誤解太多。……／／沒有一個親人可以讓我在他面前，／流滴感恩的眼淚，／暢述我的衷情……／／滿心藏著熾烈的火，／卻常碰到冷酷的冰。／／二加二等四，／硬要說是三，／中秋月是圓的也要說是扁，／智慧的眼睛不許睜，／善良的心又常被欺蒙，／於是，我只有背起痛苦的十字，／抱怨而悲憤地說：／「這世界太不美滿，／太不公平！」

——《痛苦的十字》

儘管「耳聞目觸，幾乎一無是處，在沉悶中也只好默然了」，可「我」堅定宣告：「沉默並不是睡眠，淺薄浮囂的時代應屬過去，今後我該向著更忠實更深沉的路上走，希望是屬於年青的一代的，我的眼睛，我的心永遠向著理想中黎明的旗……我的歌聲不會止息的。」〔註178〕

　　詩人的每一首詩，都首先通向自己，然後才是別人。姚奔這種對「我」和「我們」的極力歌唱，哪怕同是「一支悲哀的，／憤慨的，／譴責的歌，／一支憤怒的／復仇的／戰鬥的歌」（《我有一支歌》），也給了我們別的詩人所不能替代的啟示。如果從《呵，風呵，吹吧》、《我們》等詩中可以看出姚奔詩風受到過英國雪萊、拜倫等浪漫主義詩人的影響，那麼，在《藍天寄情曲》、《土地解放之歌》、《我在嘉陵江岸上》等詩中我們更能感受到艾青《雪落在中國的土地上》、《時代》等詩對姚奔的影響。

　　姚奔作為復旦學生文藝社團中最有名也是文學史影響最大的詩墾地社的發起人，在從事社團工作的同時，還貢獻了大量文學創作，尤其是詩歌，雖然長期被學界遺忘，但這並不代表著他的詩歌創作藝術價值不高，而只是有

〔註178〕姚奔：《痛苦的十字·後記》，重慶：時與潮書店，1944年5月版，第100頁。

待進一步的發掘而已。希望我們這理解與分析，能在姚奔詩歌研究上成為引玉之磚罷。

二、鄒荻帆：《青空與林》、《意志的賭徒》

鄒荻帆（1917.5.5～1995.9.5）湖北天門人，原名鄒文學，曾用名祥麟，筆名除鄒荻帆外，還有狄凡、揚令、陸泉、德府、史紐斯、周公之、聞方等。1934 年起用原名和筆名荻帆、陸泉在《青年界》、《文藝（武昌）》、《文藝月刊》、《舞國》、《文學（上海）》等雜誌上先後發表了新詩《六月的南湖》、《落紅》、《四月的田野》、《古城臺晚眺》、《古廟前悠悠地徘徊》、《夕陽》、《七夕》、《征夫怨》（兩首，內容不同）和散文詩《枯柳》等。1937 年 1 月在《文學（上海）》發表《做棺材的人》和《四月》兩詩，7 月在《中流（上海）》發表敘事長詩《沒有翅膀的人》，10 月以《江邊》一詩引起胡風注意，發表在《七月》復刊第 1 期。1938 年在烽火社出版了第一本詩集《在天門》。同年師範畢業，先後參加過以臧克家為首的第五戰區文化工作團和以金山為首的上海救亡演劇隊第二隊。1939 年，在文化生活出版社出版了第二本詩集《塵土集》，同年冬到宜昌縣西北的分鄉小學與冀汸同做小學教師。1940 年 5 月初到重慶，欲赴延安未遂，留在北碚，結識了姚奔等人，開始參與復旦學生的文學活動。這年 8 月考取復旦大學外文系。之後參加了更多的文藝活動，如參加復旦劇社的演出，籌組詩歌朗誦會等，但最重要的是和姚奔等人從《文藝墾地》到《詩墾地》的詩歌活動（他和姚奔被同人認為是詩墾地社兩大頂樑柱，綠原甚至認為 1943 年姚奔畢業、1944 年他再去成都之後，詩墾地社的活動就結束了。事實上，鄒荻帆離開復旦後很長時內還與復旦校友保持著文學交往）。1944 年應國民黨政府為來華參戰的美軍徵召譯員，鄒獲帆於 4 月被分配到了成都招待所工作。在那裡，經平原詩社的杜谷、蘆甸等詩友的幫助，編完了「詩墾地叢刊」第六集《白色花》（1944 年 12 月出版）。

復旦期間，鄒荻帆在《國民公報》等報紙副刊和《文藝雜誌》、《文藝陣地》、《抗戰文藝》、《現代文藝》等多種雜誌上發表了大量詩作；出版了詩集《木廠》（文化生活出版社 1940 年 8 月，「文學叢刊」第六集）、《青空與林》（建國書店 1942 年 11 月，「文藝新集」2）、《意志的賭徒》（生活書店 1942 年 11 月，「七月詩叢」）和《雪與村莊》（文化生活出版社 1943 年 4 月，「吶喊文叢之七」）等，有寫於 1941 年春的《給尼赫魯》編入「山水文藝叢刊」之胡

風編《死人復活的時候》（桂林的遠方書店 1942 年 7 月 5 日）；還翻譯了 A·托爾斯泰等著的詩集《披著太陽的少女》（點滴出版社 1944 年 9 月），P·Oershin 的《不是手創造的》（載《集體創作》1944 年第 1 期）、K·巴爾孟特的《火之頌》（載《青年園地》1944 年第 1 卷第 6 期）、瑪耶可夫斯基的《我們的行進》（載《詩叢（湖北）》恩施版 1944 年第 6 期），S·葉賽寧的《變形》、V·Kazio 的《木匠的鉋子》（載《十日談（永安）》1944 年第 1 輯第 3 期）等詩，L·托爾斯泰的小說《愛情！愛情！（克羅采長曲）》（文聿出版社 1943 年）和寓言集《鷹和雞》（建國書店 1944 年），成果很豐碩。此處僅就其復旦期間的詩歌創作略加論析。

鄒荻帆復旦期間的詩歌創作成果頗豐，除了《青空與林》、《意志的賭徒》收入的 17 首之外，還有 40 餘首，是他抗戰時期詩歌活動的重要組成部分。抗戰爆發，鄒荻帆的詩即由憂鬱地抒寫故鄉苦難，變為對民族國家災難的激情的真誠投入。如果說《做棺材的人》、《木廠》、《沒有翅膀的人》和《在天門》引人注目的是他對家鄉做棺材的手工藝人、木廠工人等底層人民的困厄形象、淒苦身世及其苦難生活，和社會混濁世態的揭露、聲討和控訴，那麼，來看他 1937 年 10 月《七月》發表的《江邊》一詩：「江邊是寂寞的，／我愛寂寞，／寂寞的山中曾寂寞地生長過千仞青松，／松針是無數樂鍵，／它奏過江潮澎湃的調子，／叫起了滿山的蟄蟲。」「倩魚舟載我渡過這長江，／我將折蘆管吹奏故國的曲子，／用淚水潤著歌喉，／低唱著『故國呵……』」他已經跟著吹蘆笛的詩人艾青的步伐，為祖國歌唱了。再看他 12 月《時調》上發表的《戰爭，我歌頌你》：

> 戰爭，我歌頌你，／當四周的烈火／燒裸了我們底襟衣／我們不能更把身子作一分燃料／而需要猛烈地跳躍／向火焰搏鬥；／縱使血肉都剝落了／還有枯骨／作魔鬼的舞踏／對烈焰而狂笑／像僧尼火化／於蓮花蒲團上合掌升向西天。

> 戰爭，／陰鬱的太行山／疇昔曾有行俠仗義的英雄／「此山是我開／此樹是我栽」……／予危害正義者以打擊，／陰鬱的太行山呵／松風像海濤泄下四方／燃烈著革命的火焰／中國的夏伯陽／從東突擊到西，到南，到北，／「一天的飯兩天吃／兩天的事一天做／祖國，我們不能讓她淪亡／原野，我們不能讓她失去／山，是我們底／樹，也是我們底／我們要把革命的火焰／燒到中國，全世

界，……／照耀著每個不願作奴隸人的臉」

戰爭／在古堡／在都市／在危樓／在荒野……／壯士們／彈竭了／糧絕了……／上起刺刀來／烽煙迷著眼／臨北風以呼嘯／「祖國，再會吧／弟兄，再會吧」／身子劃破天風，／衝向敵線。／戰爭，我歌頌你，／向火焰我們搏鬥，／我們不願作一隻烤乳豬，／抓一把火呵！／點亮黑天。／「弟兄們／是時候了！」

聯繫自「一‧二八」事變以來民眾一天高過一天的對日開戰的呼聲，靳以筆下黃靜玲、李大岳、方明智等人對這場全面抗戰的急切盼望，和詩人們對中國女兒「從安樂的家庭出走吧／從自己的迷夢裏醒來吧／走上戰場去／到傷兵醫院去」〔註179〕一類的號召，鄒荻帆這對戰爭的歌頌還有什麼不能理解的呢？在這歌頌裏他「對人生的悲慟」已「昇華成了民族鬥爭的激情和憂憤」，已經是一種「世紀的悲憤」，他與祖國已經不可分了，他要為祖國獻身！為此，他加入武昌師範學校戰時服務團，並於1937年12月8日到達黃石港附近石灰窖開展啟蒙民眾的文化宣傳活動，1938年3月27日他成為中華全國文藝界抗敵協會最年輕的會員，又參加1938年7月1日成立、臧克家任團長的第五戰區文化工作團挺進大別山，不久又參加上海救亡演劇二隊金山分隊輾轉武漢、桂林、香港等地，再後來又參加「九四軍」的一個政治隊，為粉碎日軍「以戰養戰」經濟進攻計劃，從宜昌到沙市、到郝穴、到新溝咀，到與敵人「短兵相接」的峰口（沔陽縣屬）一路做宣傳、訪問、組織工作，即使因患「打擺子」病月餘不好不得不請假休息，也還計劃著第二年春天到北方戰區去工作，更準備著作再一次的鬥爭。〔註180〕連續的長途跋涉中，常常走了一天在豬圈邊的泥濕地上鋪了稻草就睡，刺骨嚴寒的磨礪，賦予了他的堅強意志，戰地原野的荒涼開闊，極大地拓寬了他的視野。在1940年5月到重慶後，「在復旦大學念書和參與《詩墾地》文學活動的幾年中，鄒荻帆詩歌的『世紀憤怒』有了進一步的發展。」〔註181〕正是在復旦期間，鄒荻帆的「安靜讀書」與「想一想」，自然增加了他對自己經歷的戰爭的有距離審視，促進了他對「世紀憤怒」更加多樣化的抒寫，這除《青空與林》、《意志的賭徒》有比較

〔註179〕平林：《獻給中國的女兒們》，載《時調》1937年第3期，第11頁。
〔註180〕鄒荻帆：《從鄂中出來》，載《現代文藝（永安）》1940年第2卷第1期，第43～44頁。
〔註181〕李怡：《七月派作家評傳》，重慶：重慶出版社，2000年版，第165頁。

集中體現外，其他一些集外詩作也能見出。

　　首先是對民族革命戰爭及其文化救亡工作的認識也較前更深刻了：「沉默不是悲哀／實踐不算驕傲」（《春天的歌·花與果實》）。《一日間——一個戰時工作隊的生活素描》一詩，更是從「起床」、「朝會」、「壁報」、「宣傳」、「訪問」、「行進」、「晚餐」、「散步」、「晚會」和「入夢」十個方面也是十個環節，真實生動地敘述「我們」熟睡在「敞發著稻草的香與泥土氣息的床」上做著夢，卻得靠值日同志搖著起床鈴叫起來，一起來卻又精神煥發，「我們的臉都像一張張小太陽，／太陽的光／亮透了我們的心底」；接著是向著太陽早操、跑步、練習歌詠；「在最熱鬧的地方／太陽照得最亮的地方／我們貼起了壁報」「好像都擴大了倍率」，卻暗自擔心：「在那些字裏面／不會有一粒砂子吧，／那會碰壞他們的牙齒！」；向民眾宣傳時，「在那配好了布景的舞臺上面，／把我們的話／像子彈一樣的／從槍膛裏跳出來」，「我們告訴了很多將要發生的事，／告訴了很多他們沒有看見的事。／也告訴了他們今後／我們應該走向哪裏去」；脫下軍帽去訪問婦女，走進田野訪問老農；帶著農夫的饋贈繼續在嚴寒中紅著鼻子行進，在有稻草堆和稀疏草房的地方停下，「集體創作」晚餐，再散步去，檢視一天工作的晚會結束後，在泥濕地上鋪的稻草床上仔細聽著隔壁紡車的聲音入夢。這是素描，更是一次速寫。但如果聯繫《稻草床》（1940 年春雪）、《給一個女同志》（1941）、《風雪篇》（1942）、《鄉村劇團》（1944）等詩和他的兩篇通訊《鄉村宣傳見聞錄》（1938）、《從鄂中出來》（1940），尤其是《鄉村宣傳見聞錄》中那針對性鮮明的、內容充實的「夜間工作檢討」，就不難發現他的認識之深刻。

　　其次是他的自我成長上了新臺階，呈現出更加鮮明的自我意識。如果說《在那些日子》、《給哥哥的信》等詩中還只是童年時期對戰爭的覺悟與不快，那麼，《我是沒有病的》則透著一種緣於自識與自覺的倔強：

　　　　我是沒有病的。

　　　　夜的征伐者們／夜裏的鼓樂手們／——我的同志們呵／在我的稻草床邊／吹奏你們的口琴吧。

　　　　吹奏吧／或者進行你們的討論會吧／在我的床邊；／不要到外面的天井邊去／夜露正濃，／我們應該像一家人一樣，／讓一盞枯葉形的燈光／蓋覆在我們的身上。／同志們／我要永遠同你們一道生活。

　　　　我是沒有病的，／白天／我為我們的行進興奮著／在那樣曠闊
的原野上／在我腳下飛速馳過的原野上／在我耳朵聽著呼呼的風
叫的原野上／我想起這是同我家鄉一樣的沃野。／那時候／我是吃
慣生野的蔬類的；／於是在這行進的時候／我剝著霜花蘿蔔／剝著
白嫩的落花生……／此刻我躺著／我腸胃有點發痛，／但我沒有
病，／只是像我的回憶一樣／有點憂鬱／有點苦痛……

　　　　有好多的事／我怎麼會不想起：／晴朗的日子／我走在列著向
日葵的大路上／它們一張張向藍天旋轉著／彷彿少女搖轉著團扇
形的妝鏡；／那時候我心境開朗，／我們的莊稼豐美，／我想著我
們的親愛的國土，／似乎看見一條蜂蜜流成的河／穿過了黃金的穀
粒所圍成的堤岸……／或者走在平矮的桑林裏，／桑椹懸在那綠葉
的網脈下／太陽反射著它的鮮紅一面的色澤，／三兩隻螞蟻探首在
它們的上面，／我彷彿看見了我的弟弟的畫著蝙蝠的紅燈籠；／我
歡喜地回來／我的弟弟正舉起一隻蛋大的繭殼……

　　　　同志們／我是沒有病的！／可是我怎樣能不想起這些事？
／……／哦，進行批判會了／批判我吧／批判我吧……

　　　　什麼！／我這些都是知識分子的病態心理！／是嗎？／讓我
靜一靜／想一想吧。／無論怎樣／我總要好好地工作起來……

詩不長，但「我」身上發生的事情——習慣性地吃生蔬導致腸胃不適，以及
因此造成的處境，是敘述得非常清楚的，儘管「我」一再堅稱「我是沒有病
的」，「我要永遠同你們一道生活」，還主動要求「批判我吧」，但對「知識分子
的病態心理」這一判斷「我」疑惑了，在「我」原本單純的心裏，「我們應該
像一家人一樣」，「無論怎樣／我總要好好地工作起來」，僅此而已。對外來的
「批判」的不解，似乎緣自「自我批判」的缺席。

　　但鄒荻帆這首詩的寫作，絕不只是一種實錄，而應該是一種超越。因此
我讚美這樣的詩句：

　　　　我是一個幾次勇敢地歌唱，而幾次被撒旦的手扼緊我的歌喉的
人，幾次我焦急地問著自己，／「就這樣停止歌唱嗎？就這樣停止
歌唱嗎」……／我問著，我落淚了，一股憤怒一股愁，湧著又湧
著……

　　　　　　　　　　　　　　　　　　　　　　　　——《白雲書簡》

當然，最根本的一點，還是這位年青的詩人鄒荻帆，對民族的「世紀苦難」有著深切的親身體驗，他歌唱著所受的折磨：「黑夜苦夠了我／寒冷苦夠了我／風的聲音威脅著我／夜啼鳥的聲音恫嚇著我」「我哭泣／而我彷彿看見我的頸項上／閃亮著民族仇敵的刀鋒／悲壯的死／比奴隸的生光榮」(《佚題》)。

再請聽詩人內心怒火噴發的炸雷般的歌聲：

　　　從流火的地方來／到流火的地方去／你說／你是意志的賭徒／以生命作孤注一擲／讓我斷續地念些話吧／「能殺人者乃能不為人所殺」／「讓我們生得驕傲／死得美麗」……

　　　　　　　　　　　　　　　　　——《柬魯夫》

　　　又從那一股撼搖的聲響裏／我聽到一把毀滅的力／——在那監獄的鐵門前／年青的粗野的囚犯／瘋狂地咬斷了自己的鎖鏈，／從黑暗的牢獄裏衝出。／／——我聽到了炮火動地而來，／中國的人民／用血管唱著自由：／一陣陣不可遏止的呼號／像火山口的爆裂；／像原始的冰河崩裂的聲響，／春雷掣著閃亮的鋼絲，／撕破了黑鐵的天空。

　　　　　　　　　　　　　　　　　——《春雷》

詩人在對親人和淪陷故土的眷懷中，傷痛地傾吐著對侵略者的滿腔仇恨：

　　　你用那護養過孩子的搖籃，／裝著麥粉，／每天當太陽醒來／讓騾馬載向城市。／為了更多的人需要更多的麥粉，／你更疲勞了啊……你的水磨／還在輾轉著，／乳色的麥粉／從砂石的磨盤流下，／母親，／我難於想到你的情況！……母親，／伏著春日的山峰／遙遠地我為懺悔而哭泣，／我願／讓你偕著淚水而下的皮鞭／抽撻向我的脊背

　　　　　　　　　　　　　　　——《獻給母親的詩》

　　　閃電劈擊了我／火焰燃燒了我／武漢呵／武漢！／雷火著落在我身上／苦痛煎熬著我，／我／如所有的人子一樣／以迸散著血與淚的聲音／喊著自己的親娘。

　　　武漢／你是哺養了我的叢林，／你哺養我／用你的扣緊了時代輪盤的心臟。

　　　讓我朗誦給世界聽：／「如此炎炎的只是為了自由和飢餓，／鐵的年碑，中國起了火！」

　　為著火／我的周身像通上了電流，／我摸一摸臂膀／又摸一摸胸腔，／「成長了沒有／中國的孩子！」……武漢呵／武漢，／你是我的保姆／你相信你的孩子，／你的孩子是為了「火」才離開你的，／娘呵／通紅的是我的心，／灼熱的是我的心，／如今，你的孩子在這塊地方被認為陌生了／你的孩子被擋在「火」的門檻外了！

　　不，／武漢／我決不悲傷，／我將以鐵錘撞擊火的門／讓烈火流射出來，／照亮你／照亮我們的土地。

——《投給武漢》

也在現實的教育下向中國社會的黑暗專制厲聲質問與怒喝：

　　永遠地／牢獄一樣的眼睛／囚禁著我啊，／鐐銬一樣的笑聲／抖響在我的周遭……／夢啊／我夢著了流血的人頭，／夢著了隨著射殺的鉛彈的嘶聲／死者所呼喊的不完全的語句，／夢著了抱著自己出鞘的刀／同未完成的理想／同滿懷世紀悲憤的戰士／像飛鳥之被剪去雙翼。

　　黑夜點燈是有罪的嗎？／燕子有沒有三月的青空！／蜜蜂有沒有開花的林子！

——《想一想》

　　當這種憤怒隨詩人跨越古今中外歷史時空的凝思而越發膨脹的時候，即便是那委婉含蓄的流露，如《新時期》，也與明火紅槍的《反對邱吉爾》一樣有力。特別是他還借國際題材的《給尼赫魯》一詩發表自己對國內政治情勢的見解，「抒發對我國無產階級英雄的頌歌，對反動派暴行予以抗議」〔註182〕——

　　朝向時間的風暴，／世界上的勞苦者／站在高的屋脊／握緊著世界的呼吸／聲嘶地叫喊著／作著放肆的手式

　　從大陸的這一邊／殘酷的　痛心的命運一天天實踐著的大陸的這一邊／我呼喊著你的名字／尼赫魯／在亞細亞的兩極／在歷史的頂點／在遭受著同樣的苦難，作著同樣的鬥爭的今日／我呼喊著你／像呼喊著一個血統的兄弟

〔註182〕鄒荻帆：《布穀鳥與紫丁香・後記》，北京：人民文學出版社，1982 年 1 月版。

　　　　　在太陽下露天的大會場上／我們會一齊歡呼地舉起手／以絕
　　　對的大多數／否決一切不是屬於我們的政制！

——《給尼赫魯》

　　這些詩句明快爽直，寄寓十分清晰，是詩人政治情感的凝聚與爆發。鄒荻帆作為一個到過前線、站在人民中間的詩人，目睹大後方國民黨反動派統治的黑暗，必然會產生強烈的對比，和面對現實的苦苦思索，油然而生出一種強烈的義憤來。讀者亦然。當時正值皖南事件，形勢極嚴峻，詩人的政治敏感和熱忱也為該詩的發表帶來了麻煩。在國統區森嚴的新聞檢查制度下，該詩編入《詩墾地》時就被重慶圖書檢查官檢查掉了。詩友羅洛曾在回憶到這首詩時說：「老實說，當時我讀這些詩句的時候，心中想的並不是尼赫魯，而是正在孕育中的和平、民主、自由的新中國。」〔註183〕

　　詩人還針對特定物象的特殊形態恰到好處地借題發揮，來將這種「世紀的憤怒」予以精練卻極其生動的擬人化表達：「你的每粒玉屑一樣的牙齒縫裏／為什麼含恨地咬緊著發線？」（《玉蜀黍》）「在你有著孩子的／或者少女的面頰一樣色彩的時候／人們剝奪了你的肉皮，／於是貪婪者滿足了／鄙視地投落你的核」（《桃》）。

　　鄒荻帆筆下不只有「世紀的憤怒」，還有對民族革命戰士生時的溫暖的關照（《他躺在金黃色的稻草床上》），和死後的徹底的開導與安慰：「安眠吧／勇士／你的國家是你的透明的殯儀館／你的千百萬親愛的弟兄們的心窩／已為你布置：一個溫暖的墳」（《墳》）。同時，更還有生命的不屈、戰鬥和抗爭，以及必勝的堅定信念。且請看他的《車》載來了什麼——「有一天會沒有黑夜／青天作我們的篷帳／太陽作我們的輪片／一個崇高的理想作我們的曳車者／我們駕駛著自己的車／走向時間的頂點／空間的邊緣」；「有太陽照在我們的旅途／有一排排向日葵／像列植著一排排明亮的聖燭／我並不想走向水晶的宮殿／或者結滿了金蘋果的園子。／因為我正匯流向人民大會場」（《旅途》）；……請聽他唱《春天的歌》。《春（1）》則用春天、綠樹、紅花，以及「天空的藍色」展開之「無涯際」，來比方「戰鬥的歌」：「讓樹叢拍擊著綠色的手掌／讓血紅的花擎起灼亮的火炬／讓原野掀起綠色的海洋／讓布穀鳥唱著迎春的歌聲／讓我們戰鬥的歌呵／像天空的藍色一樣無涯際地展開」。而在

〔註183〕羅洛：《詩的隨想錄》，北京：生活・讀書・新知三聯書店，1985年1月版，第137頁。

《春（2）》中原本是「野花與荊棘／自由與刀／天高地遠呵」，可緊接著，「春天哪／為我們架起拱橋」啦！再看他呈上的果實：「你／從泥濘中／與堅硬的砂土中掙扎著，／終於你站穩了腳跟／向天空舉起歡呼的手⋯⋯」（《桃》）這裡有鬥爭、犧牲後復生的頑強。再如在黎明時分開放的《喇叭花》：「藍色的紅色的喇叭花，／你攀著樹／像抱著牢不可拔的信念一樣／向前進吧，／像一個黎明的吹號者／爬上最高的山峰／吹起黎明的號角呵。」《麥》中不屈服於被剝奪、在堅硬的砂土中重新發芽，舉起芒刺的鋼針向著貪婪的雀鳥的麥。相似卻更直接者，如寫於 1942 年的《晨》計劃了詩人一天的打算，詩中「冷」、「冬夜」、「火」的象徵意義，無疑透露著詩人對黑暗、反動勢力的抗爭精神：「假若夜裏還冷／我一定要到冬夜的野地跑一跑，／學一個放牛的野孩子，／在荒草地上放一把火，／讓暖氣襲來，／讓火光把黑暗劃破。」《豆莢》：「在綠軟的豆殼裏面／白色的纖毛上／豆兒們／像一排天真的嬰兒／躺在天鵝的搖籃裏，／胖胖的臉上含著微笑，／有藍色的帶著粉翅的蝴蝶一樣的豆蔻花／飛進你們的夢裏。／／你們／蓬勃地生長呵。／我的聯想也一樣迅速而堅實，／我們是要讓我們的孩子／有一張溫暖的床／而且在他們的圓帳頂裏／漾著一個蘋果一樣的笑臉⋯⋯」類似的還有，《風雪篇》中不只是冬天「狂暴的風雪」和「結冰的河」，還有春天的訊息：「花／開在遠方了，溫暖／流動在遠方了，／太陽旋飛在遠方的草原了⋯⋯」所有這些，在精神上是一致的，都是在民族解放鬥爭之中對抗戰時代民族情感的象徵性抒寫，寄寓著對時代前途、民族命運理想的美好展望，蘊含著「一個黃金時代」的祝福。

民族革命解放戰爭的勝利，意味著民族的復生，自然不能沒有對自由的頌讚與渴望。《青空與林》集子扉頁上寫有一句話：「我渴慕飛鳥，在青空與林裏，高飛與棲息都是一樣的自由。」這種渴望幾乎是與生俱來的，但卻必定要經歷一個逐漸覺醒的生命成長過程：「那時候／我們的保姆／開始告訴我們一些戰爭的故事／那時候／我們是不懂的，／但到我們知道了／一個螞蟻為了戰爭／它再不會爬行／再不會攪動它的觸鬚的時候／一直到我們唱著／收拾書包回家去⋯⋯的歌／我們都是不快活的」「我們不再高興唱那被音符所支配了的歌／而自由自在地重作我們童話中的主人」「我們誇耀著童年／因為／在那些日子／我們知道了／不為理想而工作的人／是沒有資格誇耀他的童年的」（《童年》）。

在這裡，我們深切地體會到詩人這個「中國的孩子」那與廣大民眾共脈

搏的開放的、渴慕自由的「我」在悲憤的抗戰年月裏的艱辛遭遇，和他那拳拳赤誠深情中赫然不屈的主觀戰鬥意志，以及那「不可侮辱與不可征服」的堅毅與沉雄的反抗力量。就藝術方面來說，鄒荻帆的詩從自我出發融入時代，既偏重自我感受的抒寫，始終不脫離自己的農村成長經歷和生活體驗，時時流露出對家鄉親人的眷戀，又表現出鮮明的時代精神，關注國家民族的危機，鼓舞抗日救亡，在兼具紀實與象徵的敘寫中，實現了自我知識分子個性與抗戰救亡革命建國時代精神的自然結合。艾青是中國二十世紀三四十年代最受歡迎的優秀詩人。三十代中後期走上詩壇的青年詩人，幾乎沒有人不曾受過艾青詩歌的影響。鄒荻帆也沒例外。他《他躺在金黃色的稻草床上》、《投給武漢》、《獻給母親的詩》、《我是沒有病的》和《走向北方》等詩，都讓我們一讀就彷彿看見了艾青的身影，但很快我們就發現，這裡少了艾青那份沉重的憂鬱，突出的是原始衝動又理智感分明的深沉情懷，和調子明朗高昂，語言樸實凝煉，畫面蒼勁質樸，意象新穎富於現代性，卻又意境偶或暗含幾分古典美的獨特藝術風格。

三、綠原：「童話」想像與「存在」反思之真

綠原（1922.11.8～2009.9.29）湖北黃陂人，原名劉仁甫，譯名劉半九。1938 年 10 月武漢淪陷前夕獨自流亡大後方，到恩施進湖北聯中高中讀書，1939 年在校內編輯《野火》、《鐵流》等壁報，作短篇小說《爸爸還沒有回來》發表於《時事新報》，署名綠原，同年用該筆名向《七月》投稿詩歌，獲退稿並附主編退稿信〔註 184〕。1940 年暑假離校到重慶投奔在中央信託局工作的長兄，因途中勞困加淋雨，感染風寒，病了月餘才痊癒。是年底經黃炎培創辦的中華職業教育社介紹進了江北中國興業公司鋼鐵部當練習生，兼管工人俱樂部的閱覽室，開始獨立生活，開始自覺的文學練筆。1941 年 8 月 11 日在《新華日報》副刊上發表新詩《送報者》後不久，冬天經冀汸介紹認識了正在籌辦《詩墾地》的鄒荻帆等人，從此參與復旦校園文學活動，成為其中的一員。在鄒荻帆的一再勉勵下，1942 年初憑藉存放於鄒荻帆處之周樹藩的高中畢業文憑考入復旦統計專修科，年中轉考入外文系，1944 年 2 月應徵來華美軍譯員訓練班，5 月因不願加入國民黨被認為有「思想問題」改派往「中美

〔註 184〕綠原：《綠原年表》，見《綠原文集》第六卷，武漢：武漢大學出版社，2007年第 1 版，第 573 頁。

合作所」又未去，被特務機關密令通緝，遂從復旦大學肄業，更名避到川北嶽池新三中學任英文教師。

參與復旦校園文學活動到肄業近三年間，綠原創作了《鄉村》、《霧季》、《落雪》、《夜記》、《小歌》、《我確信著大地底豐收》、《螢》、《標本小集》、《廁所》、《今夜》（1941.10），《夜》（1941），《前進，歌唱》（1942.1），《花朵》、《這一次》（1942.2），《讀〈最後一課〉》（1942.3），《驚蟄》（1942），《弟弟呵，弟弟呵……》（1942.4），《碎琴》、《催眠》（1942.6），《旗》（1942.6），《工作——我從鋼鐵工廠回來……》、《響著的刀》（1942.9），《顫抖的鋼鐵——悼念一群死在敵後的民族戰士》、《給 C・T》（1942.10），《聖誕節的感想》（1942.12），《圓周》（組詩，包括《生日》、《錯誤》、《想像》、《一個人》、《願》、《存在》、《有一個同志》、《自殺》、《信仰（1）》、《閃》等 10 首。1943.6 輯），《我睡得不好》（1943.11）等，1942 年應胡風邀約編了第一本詩集《童話》作為「七月詩叢」第一輯之一在桂林出版，1947 年出版了續集《集合》。此外，還翻譯有《獄中記》（1943.王爾德著，未出版），《近代英詩選譯》（載《詩叢（湖北）》1944 年恩施版第 5 期）等。「綠原」這個詩名逐漸為詩壇所熟知。

綜觀到肄業復旦時綠原的早期詩歌創作，通常被概括為「童話」詩風，但是實際上，在肄業復旦前夕，綠原已因「民族的苦難，人生的艱險，逐漸沖淡寫作初期的浪漫幻想色彩，轉入政治抒情詩的寫作階段。」〔註 185〕1942 年的《圓周》組詩、1943 年的《我睡得不好》和 1944 年 10 月 20 日輯的《破壞》組詩（包括《破壞》、《遊記》、《堅決》、《給化鐵》、《給我底女人的囑咐》）中轉向政治抒情的傾向就呈現了日益鮮明的態勢，到離開復旦後 1944 年 9 月流離中寫下的《懺悔》（後改題《不是懺悔》），以及《給天真的樂觀主義者們》、《是誰，是為什麼》、《不要怕沒有同志》等詩篇，基本完成了轉變，詩風也呈現出鮮明的新特徵。李怡曾有專文《從「童真」到「莽漢」的藝術史價值——綠原建國前詩路歷程新識》，對綠原 1942 年前後詩風的變化做過研究。他從具體探究「詩人曾經有過的『童真』給他的藝術生命帶來了什麼，經歷了那番『童真』之後，這『莽漢』與我們在抗戰詩壇上見到的真正的簡單的粗魯有什麼不同，作為『莽漢』，這樣的藝術選擇究竟又有怎樣的必然性和怎樣的意義？」等問題，來總結綠原創作的藝術史價值。在分析了綠原與 1930 年代的

〔註 185〕綠原：《綠原年表》，見《綠原文集》第六卷，武漢：武漢大學出版社，2007年第 1 版，第 575 頁。

現代派的關係後，他說：「從這個角度來看，綠原早期創作中的豐富的感受能力的確體現了一個永恆的藝術史原則：真正優秀的作家和詩人都擁有多種藝術的滋養，他的目光總是開闊的。綠原如此，艾青如此，一些優秀『七月』詩人也是如此。」「在中國現代文學特別是現代新詩的精神畫廊當中，……獨缺乏一種昂首天外、威武不屈的勇氣，缺乏一種奮袂而起、決然而立的精神強力」，而「詩歌藝術的野性之力則在綠原四十年代中後期的創作中得到最充分的展示」，綠原決意「要用猙獰的想像／為嬌貴的胃／烹一盤辣的菜肴！」（《破壞》）〔註186〕據當年的復旦校友回憶，綠原早期詩作中的《小時候》、《弟弟啊，弟弟啊》、《讀〈最後一課〉》等篇什，和隨後的《你是誰》等當時被大量傳抄，反覆朗誦，在當時年青人中影響很大。概括來說，綠原早期的詩歌創作，尤其在復旦期間的詩歌創作，就是生命的詩化真實——個人生命的真實，群體生命的真實，民族國家生命的真實，都在他的筆下得到了獨特的詩化呈現。

詩的真實，就是生命的真實，就是歷史的真實，就是綠原抗戰時期詩歌的詩歌史意義。亞里士多德曾在《詩學》中談到詩人比歷史學家更能反映歷史的真實性，因為詩人書寫的歷史具有「詩的真實」，這種詩歌的歷史真實與文獻資料的歷史真實相比較更具魅力，因為詩歌的歷史真實是按照歷史的內在發展邏輯，而不是侷限於歷史事件本身。綠原的抗戰詩歌以「我」為基點展開，不僅寫出了抗戰時代的風貌，而且將蘊含在抗戰時代表象之下的歷史的內在發展邏輯表達出來了。

綠原在1940年代這個不平凡的歷史時期登上詩壇，就預示著他的詩歌創作道路和人生之路也注定是不平凡的。在初登詩壇的《童話》詩集中，綠原沉浸在了由童年、故鄉、曠野、藍天、花草所構成的夢幻般的「童話」王國〔註187〕。這種詩風從他個人的內心世界和時代背景來說是令人費解的。綠原的身世十分悲慘，兩歲多失怙，十三歲喪母，之後隨大他19歲的長兄劉孝甫在武漢讀初中，1938年武漢淪陷前夕獨自流亡，內心長期處於獨孤寂寞之中，這種孤獨、內向、鬱結長期佔據了綠原的生活。牛漢在《荊棘與血液——談

〔註186〕李怡：《從「童真」到「莽漢」的藝術史價值——綠原建國前詩路歷程新識》，載《貴州社會科學》1998年第5期，第59～63頁。

〔註187〕李怡：《從「童真」到「莽漢」的藝術史價值——綠原建國前詩路歷程新識》，載《貴州社會科學》1998年第5期，第59～63頁。

綠原的詩》中提到曾與綠原有一段對話：

　　牛漢：你有過幸福嗎？

　　綠原：沒有。

　　牛漢：我看，你的詩裏從來就沒有過甜蜜的素質，你同意嗎？

　　綠原：是的。

　　牛漢：大概寫《童話》的那兩年，是你幾十年來生活和心境最

　單純和平靜的時候。我這個看法符合事實嗎？

　　綠原：可以這麼說。〔註188〕

從以上對話可以看出，綠原的內心世界是十分孤絕而痛苦的，可初登詩壇時，卻發出了與他個人的人生和時代並不和諧的明快爽朗，夢幻般的充滿童真與愛意的強音。從個性層面上來說，綠原的人生和內心世界屬於那些「地獄的獨行者」類型獨特的印記，歷史上的李清照、李煜，還有1980年代的海子，身上都能看到綠原的這種特立獨行的孤絕的內心狀態。這些詩人似乎在書寫著另一種詩歌的歷史，他們都曾寫過一些清新唯美而又超凡脫俗的作品，都曾迸發出熱情爽朗的生命之歌和時代強音。詩歌反映時代和歷史的方式和散文、小說的方式有時候並不完全一致，詩歌是歌唱，散文和小說是說話；詩歌是舞蹈，散文和小說是散步。類似於歌唱和舞蹈表達方式的詩歌有時候會採用更為誇張和極端的方式來表現時代，面對著家庭的不幸和時代的殘酷，詩人內心深處的創作激情會掀起怎樣的波瀾，這正是關於詩的真實的複雜之處。

　　綠原的早期詩集《童話》堪稱一個時代的奇蹟，充滿了浪漫的想像和純真的熱情，在浪漫的抒情背後，綠原的內心世界折射出關於詩歌的歷史和詩的真實。如果說海子在1980年代的浪漫抒情是深受西方早期浪漫派的影響，是繼徐志摩在1930年代詩歌創作在新的歷史時期的又一次中西合璧的實驗，那麼綠原的《童話》則是在家國不幸背景之下，在1930年代詩壇長期沉湎於淺吟低唱和沉淪壓抑之後的一次全新的釋放，是對1930年代極端冷靜、過度沉淪的詩風的一種徹底清理，是對1930年代現代詩歌的一次揚棄。1930年代是中國現代詩歌的一個「黃金時代」，中國現代詩歌第一次全面借鑒學習西方詩歌的主智特色，湧現了卞之琳、李金髮、聞一多等一大批具有探索意識的前衛詩人，整體上以深邃、沉鬱和極強的戲劇性和諷刺性給詩歌發展帶來

〔註188〕牛漢：《夢遊人說詩》，北京：華文出版社，2001年版，第159～160頁。

了極大的啟發。一度著迷於卞之琳《魚目集》的綠原，是 1930 年代中國現代
詩歌的高超藝術成就的直接受益者，他深知現代詩歌的智性力量和情感力量
同樣重要。詩集《童話》共收 20 首短詩，以純真和夢幻作為最主要的藝術特
色，看似單純，卻將時代元素置於個人生命表達之中，通過詩意化的情懷，
表達對於時代的詠歎。第一首詩《驚蟄》就遠遠超出當時詩壇普遍的表達方
式。

> 當星逃出天空的門檻
> 謝落在痛苦的土地上
> 據說就有一個閃爍的生命
> 跨進在這痛苦的土地上
>
> 那麼，我想
> ——十九年前，茂盛的天空
> 那一片豐收著金色穀粒的農場裏
> 我是哪一顆

——《驚蟄》〔註 189〕

這首詩已可見出綠原形而上思索的萌芽，意境十分深邃廣闊，既有自身的生
命體驗，更有時代的脈搏和氣息鎔鑄其中。從詩歌的字裏行間，比如「逃出」、
「謝落」、「跨過」這些強烈趨向性的動詞，可以感受到時代的波動及其給詩
人的壓力和動力。這種寫法和 1940 年代的其他詩人相比，在語言上獨具魅
力，大膽潑辣，簡單直接，言淺而意深，特別是在借鑒西方抒情詩歌的語言
表達和觀察視角上遠超同時代的大多數詩人。綠原的詩歌創作直接將德國浪
漫派作為主要的源頭，特別是對德國哲學的學習讓他的詩歌既大膽潑辣，又
深邃熱情，早期詩歌中很多作品有里爾克式的追問和探索精神。綠原繼承了
歌德在十八世紀中後期一直強調的「詩與真」，他明白詩歌的首要因素就是要
「真實」，不僅要事實的真實，更要有內心的真實，這種內心深處的真實感應
可以曲折地反映出時代的歷史真實。事實證明，這種提倡說真話、抒真情的
文風本身就是歷史的最好記錄。綠原的詩歌就是時代的最好的記錄，以赤裸
裸的真性情來寫詩就是對時代的最好的歌唱。歷史的真實中那殘酷的一面，
讓他象聖安東一樣沒法安睡：

〔註 189〕該詩發表於《詩墾地叢刊》第 4 輯《高原流響》，1943 年 3 月 1 日出版。

一個二十世紀的聖安東／被發落到文明的荒涼異域／懶得看嗎；用砂子迷他的眼睛／羨慕寂寞嗎；讓隔牆的濃鼾偏猖獗／愈想睡，愈將他焚燒的魂兒扼住／愈想死（痛痛快快斷掉氣！）／愈要他佝僂活著受罪呵／──這不是鬧鬼是什麼

　　……

其實這個聖安東很早上了床／偏他想睡睡不著／──今夜睡不著，明早就談不上／從快樂的夢中醒來……／……／唉，這傢伙睜著眼睛／想些什麼呵／床頭的日曆是撕一張去／還是不撕

　　　　　　　　　　　　　　　──《我睡得不好》

　　綠原和 1930 到 1940 年代的很多詩人一樣，從德國哲學和德國詩人身上尋找新的力量源泉。綠原的視野更加開闊，他從歌德那裡學習詩歌的真純和簡潔，從里爾克那裡學習力量和變化。里爾克的詩歌給了綠原提供了表達和視野上的更多的可能性，綠原的詩歌視野開闊，意境深遠，而且在簡短的文字中抵達信仰層面，賦予詩歌莫大的精神力量。綠原 1944 年下半年的詩歌開始實現了情感和藝術的迸發，自此成長為一個將生命的衝動和時代的激情盡情揮灑的政治抒情詩人。李怡在《從「童真」到「莽漢」的藝術史價值──綠原建國前詩路歷程新識》中指出：「綠原走出『童話』王國，進入犀利潑辣的政治抒情時代，這是他置身於大後方政治文化中心的結果。」

　　綠原在詩墾地社詩人群裏，乃至在「七月派」詩人群裏，是獨一無二的，他筆下流露出的原始野性和深沉思考，是其他詩人所不具備的，這一方面是時代的必然，另一方面也與綠原長期浸染於德國長篇抒情詩有關。綠原很早就被歌德的《浮士德》和里爾克的《杜伊諾哀歌》所吸引。歌德那縱橫捭闔、誇張神奇的恣意想像，以及敢於撕下罩在現實表面的溫情面紗的勇氣，給了成長中的綠原莫大的寫作鼓勵。里爾克將詩歌理想奠基於關於宇宙人生的信仰，卻不囿於宗教本身的巨大反叛力量，帶給綠原震撼，也為他指引了方向。歷史不斷證明，只有那些順應時代潮流們，同時敢於沖決時代束縛的弄潮兒才能真正推動歷史的發展。一個作家之所以成名，全在於他文學上的某種獨特創造。綠原的文學史意義在於，他在恰當的歷史時刻，採用恰當的表達方式，通過生命真實的詩化抒寫，創造性地傳遞時代的聲音，譜寫時代的哀歌。

　　對生命真實的詩化歌唱，最能集中體現綠原復旦時期也是抗戰時期詩歌的藝術風格。談到綠原的詩歌藝術，首先令人想到的就是濃鬱的個人氣質風

格,即源於生命感悟,著力於生命書寫,在秉承著七月派現實主義詩風的同時,注重對於內心深處心靈隧道的挖掘和生命原始力量的宣洩,其中既有「童話」式想像,也有「存在」性反思,二者的統一,即構成其詩化生命之真實。

綠原初登詩壇之時,面臨著命運的無情拷問,家庭變故、親人離散,國內政治局面分崩離析,戰爭局勢變化莫測,他將人生的希望和命運的追求寄託於文學,把詩歌作為解脫人生苦難的一個出口,要用不一樣的表達來和命運對抗,和殘酷的現實抗爭。綠原在十七歲時就用「綠原」作筆名在重慶的《時事新報》發表過小說《爸爸還不回來》。關於這個筆名,他自己這樣解釋:「一個是『綠』,綠色的『綠』;另一個是『原』,原野的『原』。你聽!你看,『綠色的原野』——多麼令人神往呀。」〔註190〕現實的壓抑和命運的殘酷讓少年綠原透不過氣來,他要用廣闊的綠色的原野來舒解現實的壓力。詩歌的重要作用之一就是可以讓人與現實產生疏離感,回歸到靈魂深處的精神家園。海德格爾曾將 18 世紀浪漫主義詩人荷爾德林的詩句演化為「詩意的棲居」,這何曾不是綠原的生命狀態呢?面對著灰色、死寂、荒蕪的原野,詩人綠原要用一片無邊無際的綠色,來將現實的灰色、冷酷、荒涼變為心中的希望、憧憬、生機。詩集《童話》中採用了浪漫主義詩人常見的表現手法,夢幻式的場景、象徵意義鮮明的意象、生命的二元底色等,將對於幸福美好事物的想像來替換現實的不幸和沉悶的底色。除膾炙人口的《小時候》外,《弟弟呵,弟弟呵⋯⋯》裡那既擔憂又欣慰還惶恐的「猜測」也充滿「童話」式想像:

> 是不是
> 那個野鬍子吹著小嗩吶
> 將你盛進他底黑布袋裏去了
> 是不是
> 那位扶著手杖的老姆姆
> 請你到她底矮草屋
> 去唱一支歌呢,去喝一杯茶呢
> 或者是
> 沿著池塘去訪蝌蚪哥兒⋯⋯

〔註190〕綠原:《我的筆名二三事》,見董寧文編,鍾叔河等著《我的筆名》,長沙:嶽麓書社,2007 年 1 月版,第 116 頁。

　　　　忘記媽媽底叮囑

　　　　讓露水凝鎖著小眼睛

　　　　讓星星流落在夢邊

　　　　你躺在潮濕的水草地上睡著覺呢

　　　　　　　　　　——《弟弟呵，弟弟呵……》

這首詩歌的手法中還帶有一些過去年代的玄思的語言特色，可是在意象的經營以及心靈家園的構建上已經截然不同了。整首詩的節奏明快，充滿了對美好事物的渴望和追求。正是通過「童話」式象，綠原在中國瘡痍滿目的 1940年代的現實生活抹上一絲濃濃的綠色。正如英國早期浪漫主義詩人雪萊在《西風頌》中所寫：「冬天來了，春天還遠嗎？」對於詩人來說，想像也是戰鬥的武器。綠原和古今中外的浪漫主義詩人走到一起，這並非偶然，現實的殘酷引發詩人的逃離願望和對美好生活的希望本身並不難理解，難的是綠原如何把這種美好希望的種子灑在荒蕪的戰爭土地上，並收穫詩歌的碩果。

　　抗戰後期的綠原，經過與「七月詩派」的磨合，逐漸進入到生命呼喊的另一種境界。1942 年以後，綠原詩歌進入以詩集《集合》、《有一個起點》為代表的「莽漢」時期，標誌著綠原的詩歌藝術風格發生了根本性的轉變。「莽漢」時期的綠原詩歌藝術突飛猛進，詩歌的生命意識越發強烈，詩歌的生命書寫也更加明確。綠原在《童話》時期已經顯示出非一般意義上的抒情詩人在對生活深層次觀察體驗上的把握和感受能力。如《霧季》一詩對工人勞動的抒寫，所展現的，不僅僅是「作者對詩的素材的很強的組織力」〔註191〕，而且更有詩人基於自己的練習生經歷體驗，對勞動中的工人生命有著近距離的直抵心靈深處的切身體察：在「勞碌的霧季」，「今天　罩子悄悄地輕輕地／從高處落下」，可是「在我們的工廠裏／在大煙囪的腳邊／機器很早很早便熱烈地向起來了」，那「站在馬達邊司理開關的師傅」、「那站在發電機旁的夥計」、「從外國回來的工程師」和「他旁的記錄員」、「幾個戴著厚布手套的痛苦著臉的工人」、「那些拿著瓶子的化驗員」，這群「勞碌的人民都將不顧霧季的嚕蘇而來了／他們橫衝直撞在雨霧下面／他們像螞蟻一般地奔波……」詩人正以分明的愛敬在歌唱他們生命的健康！請看——

　　　　呵……最健康的又怎麼不是他們呢

〔註191〕王瑤：《中國新文學史稿》（第 2 冊），太原：北嶽文藝出版社，2015 年 12 月版，第 337 頁。

　　你看他們是如何愛著生活

　　他們真是沒有時間來太息第一片黃葉的飄落呀

　　雖然──那些怕著夏天的太陽的傢伙們

　　仍不知霧季來了地躲藏在粉白的房屋裏喘息著

　　　　　　　　　　　　　　　　　　　　　──《霧季》

詩人「不過是一個被病痛鞭打著的瘦弱的孩子」，可他「也用雙手撫按著胸脯」「想唱一支健康的歌呀」，他為工人們的身體健康很是嚮往，他「想著」「那將要降臨的嚴厲的風雪」，禁不住「向勞碌的人民／呼喊著萬歲」。這裡面誠然有著憂鬱，但這憂鬱早為工人的健康及其中潛藏著的強大生命力量所代替了。而對這強大生命力量的發現，恰恰是詩人在德國早期浪漫派詩人和卞之琳等前輩引領著走進詩歌世界時就開始的「存在」性反思的自然結果。

　　或許是應徵來華美軍譯員訓練班卻因政治選擇而遭遇的不幸，徹底將其個人人生與廣大人民人生之間的界限給泯滅了，1944 年春夏之際，綠原的創作進入一個對現實的近乎純粹「存在」性反思的時期，他將蘊藏在生活深處的那些黑暗面，以及廣大人民群眾的苦痛化作筆端的激情和哲理，他的詩歌的更加趨向於政治抒情的色彩。綠原經歷了抗戰時期的苦痛，更是遍覽山河破碎，人民流離的慘象，他再也無法沉浸在自己的那美好卻終究只是想像的世界裏，尤其他自己在現實中極令人恐懼的危險政治境遇，以較理想、想像強大到無與倫比的力量，將他拉回到現實中來，要他直面現實，因此，他的詩歌中濃鬱的現實主義藝術特徵愈益十分明顯。於是，他發現了現實「存在」及其可貴：「頭髮有它的影子。／炊煙有它的重量。／一顆圓點有它的面積。／你知道，存在是可貴的。／／夜將一切存在化為灰燼，／白晝又恢復著猛烈的燃燒。／你知道，倒退一步：／必然躍進得更遠。」(《存在》) 進而發現了現實「存在」的本質：「虛偽的春天／連細微的小青花／都給典押了，不再出現」(《虛偽的春天》)；動物園「裡面的世界和外面的世界／分不清哪一邊是動物園／哪一邊是人的鬧市」(《動物園》)；……還有包括自己在內的詩人的應然「存在」本質：「有奴隸詩人／他唱苦難的秘密／他用歌歎息／他的詩是荊棘／不能插在花瓶裡／／有戰士詩人／他唱真理的勝利／他用歌射擊／他的詩是血液／不能倒在酒杯裡」(《詩人》)。綠原在《人之詩・自序》中寫道：「抗戰勝利前後，我開始以《破壞》、《給天真的樂觀主義並們》為轉機，寫一些政治抒情詩。這些詩篇或者是對全民性政治大事的直接反映，如《終

點，又是一個起點》、《咦，美國！》；或者是就個別歷史人物或現實人物的政治遭遇的間接抒懷，如《伽利略在真理面前》、《輓》；或者是對於當前政治迫害的正面控訴，如《悲憤的人們》、《復仇的哲學》、《你是誰？》等。」〔註192〕在過去很長時期裏，綠原這時期的這些詩歌創作因被指責「情緒陰鬱、濃烈而凌亂，語言粗獷、直白而急促」，以及「聲嘶力竭」、「不合語法」、「受外國的影響」甚至「簡直歪曲了人民鬥爭」，而被政治性狹隘地忽視了。然而，這個時期正是綠原的藝術風格轉型時期，正是這批作品奠定了綠原的創作主體風格。李怡曾總結：「綠原走出『童話』王國，進入犀利潑辣的政治抒情時代，這是他置身於大後方政治文化中心的結果。獨立面對人生，獨立搏擊於專制黑暗的他顯然已經無法在夢幻天真的王國中游弋了，他那高超的情緒提煉能力、豐富的藝術感知力由此將投向一個粗糙的兇險的外部世界，這種內外轉換的本身也是痛苦的。」〔註193〕綠原此時擺脫了早期詩歌的浪漫和柔情，變成了剛健、犀利、粗直的反叛。李怡將其這種野性的反叛稱為粗魯的「流氓精神」。綠原身上積壓已久的叛逆精神在1944年迸發出來以後，他一方面控訴不公正的現實，另一方面深刻地思索和探求新世界的出路，他由一個懷揣美好夢想的少年迅速成長為洞察世事、敏銳捕捉現實的思想者。綠原1944年的這首詩「現象學」地直觀了大後方人民群眾渴望幸福美好生活的強烈願望與「不可抗拒」的殘酷現實：

> 例如，每次空襲解除了，慶祝常常比哀悼來得更熱烈……
> 只有這樣一回，一位紳士抱著他的夫人憂愁地從私人防空洞出
> 來，有些人大喊：
> ——可惡的鬼子，可惡的鬼子，一位中國貴婦被炸彈嚇昏了
> 僕歐跟著：「老爺，公館平安，巴兒狗活著呢。」
> （請恕我這個沒有身份證的公民吧，他沒有福氣接近貴人；
> 因此，他這兩行詩或許像幻想一樣錯誤。）
> 可是，那些小市民們（一群替罪的羔羊）呢，可愛的讀者，我
> 很知道

〔註192〕張如法：《綠原研究資料》，北京：知識產權出版社，2009年8月版，第59頁。

〔註193〕李怡：《從「童真」到「莽漢」的藝術史價值——綠原建國前詩路歷程新識》，載《貴州社會科學》1998年第5期，第59～63頁。

他們是怎樣觸黴頭的。看吧，街道扭歪了，房屋飛去了

一顆男人的頭顱像爛柿似的懸掛著……

一隻女人的裸腿不害羞地擺在電線一起……

一個孩子坐在土堆上，凝望天空的灰塵，沒有流淚……

啊，可愛的讀者，你還想打聽「大隧道慘案」的內幕嗎？

……

不過，大體說來，這光榮的城不容易屈服！

幾分鐘後又美麗地抬起了頭：

男人照樣同女人弔膀子……

電影院照樣放映香豔巨片……

理髮廳照樣替顧客挖耳糞……

花柳專科醫師照樣附設土耳其浴室，奉送按摩……

紳糧們照樣歡迎民眾們大量獻金……

保甲長照樣用左腳跪在縣長面前，用右腳踢打百姓：如此類推，

而成衙門……

譯員們照樣用洋涇浜英語對駐華白僑解釋國情……

公務員照樣繕寫呈文和布告……

報紙照樣發表勝利消息，緝拿和懸賞，更正和駁斥……

可憐的學生照樣練習他們的體操：立正，敬禮，鞠躬，下跪……

大人們照樣指著流淚的、流血的、死了的、毀滅的和倒坍的

像放屁一樣念著「阿彌陀佛」和 alleluia，發揮著十字架的光榮，

金字塔的嚴肅以及東方文藝復興的意義……

……

——《給天真的樂觀主義者》（1944 年末，川北）

此時的綠原已經轉向了政治抒情詩的寫作，他將自身的生命體驗與時代的悲劇緊密結合起來，深刻地揭露了 1940 年代，人民群眾反飢餓、反內戰、反壓迫的政治需要，其強有力的政治抒情力度讓他在青年學生和追求進步和解放的群眾中間產生很大的影響和號召力。「存在」性的現實反思形成了綠原詩風「冷」和「硬」的藝術特色，在殘酷的社會現實之下，這是反抗和鬥爭著的綠原那外冷內熱的生命體驗之真實寫照。綠原這種詩風的形成，一方面是社會現實和時代發展的必然要求，另一方面也是綠原自身詩歌藝術在不斷地

向古今中外詩歌藝術的學習借鑒過程中不斷發展出來的自然結果。綠原早期接受德國早期浪漫派和 1944 年以後逐漸向現實主義和政治抒情詩風的轉變，也是綠原自身走向成熟的標誌。

　　對「真的詩人」的品質的認識與堅守，可說是綠原復旦時期也是抗戰時期詩歌的文化學意義之所在。綠原在復旦作家群中是獨一無二的，他的創作思路和寫作風格和其他人截然不同，而且他的個性氣質也似乎與時代大相逕庭，可是他的詩歌不但沒有被時代拋棄，反而激起了巨大的社會反響，這已足夠說明綠原詩歌的良好的社會學意義和文化影響力。綠原的人生經歷是曲折而痛苦的，他的詩歌創作道路也經歷了多次轉型，綠原的詩人形象十分豐富，他既是一個有良知的知識分子，又是一位充滿了社會正義感的政治抒情詩人，因此，綠原的知識分子形象和政治抒情詩人形象之間有時是合拍的，有時又是衝突的，正是二者之間的糾纏爭鬥構成了詩人具有傳奇色彩的社會形象。綠原從登上文壇時起就是一個帶有強烈時代特色的詩人，他從未逃避生活的考驗，在戰火紛飛的年代，他就以超強的「童話」式想像力對時代作浪漫構想，來表達內心對時代的呼喚。這一點，胡風在為《童話》做宣傳的廣告就已經點明：「如果童話是提煉了現實的精英而創造的世界，那麼，童話式的詩是現實人生情緒的更美的精華。從星星，從花朵，從囚徒，從季節，從一種精神狀態，從一個情緒的集章，而這些裏面卻都躍躍地跳動著時代的脈搏。」〔註 194〕綠原在 1944 年前後的政治抒情詩，則是在深受胡風為代表的七月詩派的影響下的又一次爆發。

　　早期的綠原詩歌以「童話」式浪漫的想像著稱，《童話》時期的綠原詩歌讀來清新自然，卻並不感覺到膚淺和幼稚，這是因為他實際上從未真正對時代有過疏離和超脫。綠原的詩歌立意較高，遠超同時代的詩人，他要用詩歌的明快爽朗驅散戰爭帶來的慘淡的愁雲，這種反其道而行之的詩歌視角，帶來了出其不意的絕佳藝術效果。綠原詩歌深受西方浪漫主義和啟蒙主義詩歌影響，綠原的詩歌帶有濃重的文化啟蒙色彩，早期的綠原也並非純粹的童話詩人，他只是以一種純真的視角觀察社會，寫出一種「成人童話」的詩歌境界。因此，綠原從未真正的逃避社會，而是以另一種眾人不太熟悉的，或者說是忽忘太久的童真視角來打量社會，在詩中聚焦童話世界之美好與現實世

〔註 194〕胡風：《胡風書話》，北京：北京出版社 1998 年 1 月版，第 365 頁。

界之峻惡的反差與衝突，從而起到良好的社會效果。早期詩集《童話》中的大多數詩歌中都蘊藏著一個成熟的社會思考者的形象，正是在其對現實的日益深化的「存在」性反思中，尤其是自我審視中，綠原完成了對「真的詩人」品質的體認與堅守，詩歌風格也自然發生了變化。

綠原對「真的詩人」品質的體認與堅守，以及其詩歌創作風格在離開復旦前後的巨變，是與胡風的影響分不開的。胡風在《七月》創刊號《願和讀者一同成長——代致辭》中寫道：

> 我們以為：在神聖的火線後面，文藝作家不應只是空洞地狂叫，也不應作淡漠地細描，他得用堅實的愛憎真切地反映出蠢動著的生活形象。在這反映裏提高民眾的情緒和認識，趨向民族解放的總的路線。文藝作家的這工作，一方面將被壯烈的抗戰行動所推動，所激動，一方面將被在抗戰熱情裏面蠕動著成長的萬千讀者所需要，所監視。〔註195〕

> 只要有生命，就會有成長的可能。要對自己有信心才好。

> 我總覺得，和胡風在一起，我莫名其妙地愛好起來的詩，在人生中並不具有第一位的意義，應該還有比它更重要的義務在，那就是做人；有時卻又覺得詩是神聖的，神聖得甚至超過了第一位，連口頭談一下都會褻瀆了它似的。因為，「世界上最強之物莫過於人生」，「只有人生至上主義者才能成為藝術至上主義者」，而「丟掉了人生就等於丟掉了藝術自己。」這可能就是我最初所接受的胡風文藝思想的影響。

> 他從沒有具體地教過我怎樣寫一首詩。我體會到，他始終在希望我、督促我、激勵我經過自己的探索和發現把詩寫出來。〔註196〕

胡風關於詩歌創作精神追求的申明及其具體到個人的希望、督促、激勵，可以說對綠原的詩歌創作的轉型起到了至關重要的作用。綠原也如胡風希望的那樣，靠自己的探索和發現迅速成長起來，保持了自身的創作特色，他的政治抒情詩不僅具有強烈的政治諷刺性和戰鬥色彩，而且保持了他一貫以來的知識分子的情懷和人文色彩，這讓綠原詩歌的文化學意義更為豐富多變。

〔註195〕胡風：《願和讀者一同成長——代致辭》，載《七月》1937年第1期，第1頁。
〔註196〕綠原：《我與胡風》，見《綠原文集》第三卷，武漢：武漢大學出版社，2007年第1版，第190，191，194頁。

綠原寫詩，向來是以純粹和決絕而著稱，他的詩歌一向是毫無保留的，他處在特殊的年代，像一位殉道者，將生命燃燒，用詩歌藝術來表達內心的衝動。綠原寫詩不管不顧的衝擊力給他的詩歌帶來很好的藝術效果和創作個性，同時也給他帶來一些社會上的非議和看法。事實上，綠原的詩歌無論是在詩壇，還是在社會層面一直以來都是毀譽參半。因此，綠原的詩歌不僅在藝術上引起很大的反響，在文化學層面上也具有一定的爭論。理解者覺得讀他的詩歌如飲甘泉，厭惡者認為他的詩歌毒性十足。路翎作為同時代的好友，一直十分理解綠原的詩歌和為人。路翎在《關於綠原》中寫道：「他的性格不是天生的堅強和爽朗，他的性格是付出了代價而明白了自己的，和歷史、人民的命運之後的堅決，生活的痛苦當更使他堅決。」〔註 197〕綠原的詩歌因為飽嘗了生命之痛而紮實有力，因能夠捨棄自我而大徹大悟，命運的安排和內心需要的完美結合造就了一位融合了時代背景和個人奮鬥歷程的知識分子形象。作為一位詩人，綠原成為一種戰爭年代的文化現象，其文化學意義絲毫不遜色於詩人的形象和意義。

真的詩人的品質，就在忠於人生、開拓人生、堅守人生至上並予以詩化抒寫。詩人在《詩與真》中寫道：「人必須用詩尋找理性的光／人必須用詩通過醜惡的橋樑／人必須用詩開拓生活的荒野／人必須用詩戰勝人類的虎狼／人必須同詩一路勇往直前／即使中途不斷受傷」〔註 198〕。在這裡，綠原身上自屈原以來千百代上下求索，為真理而獻身的知識分子的勇毅精神氣質，與其對真的詩人品質的堅守，是一體的。在抗戰初期，綠原就開始在反思戰爭的起因，外部的列強入侵，內部的軍閥紛爭均是引發戰爭的條件，戰爭對於人的最深刻的改變還是在內心深處，因此，詩歌也是要從內心深處來表現社會和人生。綠原早期詩歌嘗試著用委婉的口吻和逃逸飛昇的姿態來曲折地表現現實，繞開了殘酷的戰場，避開了時代的硝煙，轉而投向更為高遠的理想化的浪漫虛幻世界的營造；可是他的後期詩歌直抒胸臆，向黑暗和不公猛烈開火，筆觸細膩尖銳，在強烈的力度背後蘊含著詩人內心的敏銳和機智。這是現實的、歷史的真實，更是人生的真實。綠原的「童話」詩和政治抒情詩所

〔註 197〕張如法：《綠原研究資料》，北京：知識產權出版社，2009 年 8 月版，第 157 頁。

〔註 198〕綠原：《人之詩》，見綠原、牛漢編《白色花》，北京：人民文學出版社，2000 年 7 月版，第 200 頁。

反映出的時代文化和悲劇意識，放在任何一個時代，都會引發思考和共鳴。

四、冀汸：《躍動的夜》及其他

　　冀汸（1918.12.8～2013.12.17）湖北天門人，原名陳性忠。出生於荷蘭殖民地爪哇（印度尼西亞）井里汶，近 6 歲時隨祖父返鄉居住，進 10 歲初舉行了「開筆典禮」，開始學習「做文章」。1932 年春武昌某初小三年級跟讀。1933 年在天門縣立中心小學跳級插班六年級下學期，同年秋考入鄰縣應城的西河中學上初中，與鄒荻帆同學，在寫新詩的教務主任胡慕實和幾位青年教師的影響下接觸新文學並開始創作，有詩歌處女作《我等著》刊於西河中學校刊。1935 年在武昌大公中學寫一二・九武漢學生運動遊行的長詩《昨夜的長街》發表於《武漢日報》副刊「鸚鵡洲」，署名「啟汸」，被誤印為「啟汶」。1938 年 10 月武漢淪陷後隨武昌師範學校流亡鄂西，1939 年夏畢業後到宜昌西北分鄉場當小學教員。同年寫下了第一首極具影響力的長詩《躍動的夜》。1940 年 5 月宜昌淪陷後渡過長江繼續向西流亡，10 月下旬到重慶，先在郊外一所小學教書，其間自學和聲學（次年習作《我與音樂》獲《樂風》第一次徵文第二名）。皖南事變後，1941 年夏所在小學被敵特明查暗訪，為安全計，趁暑假離開，避到永興場鄒荻帆同班同學楊榮廷所讀的蒙藏政治學校，寫了長詩《夏日》；再投靠同學曾昭順、徐傑並與後者一起投考內遷到青木關的國立音樂學院，未果，遊到北碚鄒荻帆處並寄居復旦學生宿舍，通過鄒荻帆認識了姚奔、曾卓、張芒、桑汀和阿壠等人後，便立即參與已經啟動的《詩墾地》的籌辦工作，成為「專職工作人員」。1942 年暑假考入復旦，進了史地學系。1943 年結識路翎、舒蕪。同年開始寫作長篇小說《走夜路的人們》（至 1946 年底完成）。1945 年初擬去解放區，未及成行即因抗戰勝利而取消。1946 年春應邀為已畢業校友郭海長創辦的《中國時報》定期編出副刊《文學窗》，選同名壁報稿件，也向鄒荻帆、路翎、綠原、牛漢、曾卓等友人約稿。1946 年 6 月下旬隨校起程復員上海，1947 年初在上海畢業。

　　自 1941 年 8 月考國立音樂學院失利後寄居復旦參與「詩墾地叢刊」編務，至 1947 年在春在上海復旦大學畢業，冀汸在校時間達六年多。其間，他在《詩墾地叢刊》和《詩墾地》副刊，《文藝雜誌》、《現代文藝》、《七月》、《希望》、《創作月刊》、《青年文藝》、《文藝叢刊》、《青鳥》等雜誌和《國民公報》、《新華日報》、《中國時報》等報紙的副刊上發表不少作品，散文、小說不多，

以詩歌創作為文壇所知。詩集《躍動的夜》被胡風編入「七月詩叢」第一輯，由桂林南天出版社 1942 年 11 月初版（後又由希望社 1947 年 1 月在上海再版），冀汸逐漸成長為「七月派」的重要詩人。

詩集《躍動的夜》是冀汸走上中國現代詩壇的「跨越詩界第一步」，走進「七月詩派」的第一份獻禮。在這部僅收四篇作品的詩集中，從《躍動的夜》到《渡》、《曠野》和《夏日》，生命意志的激昂健強和剛直不阿、豪放不羈的樂觀姿態已成為辨識冀汸的標記。

《躍動的夜》這首共七節三百多行的長詩，如實錄了抒情主人公「我」在一次夜間防空警報解除後的輕快而激動的心境：「解除警報響了──／我用輕捷的步伐／躍出了防空壕，／向自由的大氣／舒暢地呼吸。」警報作為戰爭災難的一種象徵，帶給人最直接的生存毀滅的恐懼。警報是針對所有人的，警報的解除也是為了所有人的。因而，這警報解除之際的輕快和激動也不是專屬於詩人的。你看：「人們從暗洞裏爬出來，／拍去身上的塵土，／邁開壯健的步子，／用愉快的眼睛／迎著光輝。」城市躍動於夜的「街道」、「巷衢」、「樓廈」、「茅簷」，「遠遠近近／都充滿了電力的光輝」，「店鋪」、「人力車夫」、「江水」和「輪船」都「迎著光輝」，「一切都是原有的完好啊！」「一切都是依照自己的意志啊！」「一切都無恙啊！／生長在那裡，／建築在那裡。」這夜的生機活力的躍動，更在他輕快返家沿途所見的躍動的壯闊景象──江上輪船、躉船裏滿載著「蓬蓬勃勃的生命」，他情不自禁地「向生命的力」「敬禮」──那穿著「灰色軍服」、身上有「我所愛的泥土的氣息」的、臉上是「工作艱苦的農夫的皺紋」的兄弟，正在「光輝的照耀」下「從躉船上，／成群地向岸上飛奔，／抬著輜重，／抬著曲射炮和機關槍」，以他們「活躍的身子，／活躍的臉色，／活躍的復仇的心」，在號聲裏集合，「在一聲口令下」「朝向遠處／歌唱而前進！」「遙遙處／將有火的跳躍／血的奔流。」還有那一箱箱「將要從戰士的手裏／被塞進槍堂／經來復線嘶叫而去／向仇敵／討還血債」的子彈正在被「壯健的工人」用「律動的力」「向岸上浮起，再浮起」，「注滿了」「每一輛龐大的汽車」，「迎著光輝／駛向了遙遠」，那「遙遠處／將有火的跳躍／血的奔流」──奔赴戰場的軍隊、碼頭上裝卸彈藥的工人，都是「不可遏制的／力底傾流」！

在這蓬勃生命力的感召下，「我懷抱著我的壯歌，／走上了我自己的路／──這路／將載我回到溫暖的巢穴。」在遠離城市的鄉村同樣存在著「生命

的力」:「從山的那邊／挑著擔子的／走上了這條路,／從村莊的盡處／趕著驢子的／走上了這條路」,「他們唱著／純樸的山歌／他們也用那爽快的聲調／向自己的夥伴／高聲說話」,「他們和我／漸漸沒有了距離,／他們有力的言語／我聽得清／每一個字」,「我感到了灼熱的呼吸／我聽到了跳動的脈搏／我看見了紅黑的面孔」,而廣大的鄉村更有著無數農家婦女在紡紗、織布,碾麥磨面,那「紡紗車的聲音／推磨的聲音」,那並不停止的旋律平和的「虎鳴」聲,「泛濫著／自由和勝利!／一切放肆的狂笑／在這裡都會變成自慚的哭泣;／一切瘋狂的蠢動／在這裡都將俯首貼耳」。在遠離城市的漆黑的夜裏,「那奔湧熱烈的生命卻像是到處燃燒的通紅通紅的火焰,照亮了大地,映像著天空。面對著這樣的『躍動的夜』,你能不感到熱血沸騰嗎?能不對中國抗戰充滿希望嗎?」〔註199〕被照亮的詩人彷彿「沐浴著笑」,這一切指向抗戰的健壯的生命的力,寄寓著對祖國明天的熱切期望:

> 我揮著筆,／多麼流利的筆／隨和著我激越的脈搏／一刻也不
> 停息地／寫完了我底詩。／／聽,雞聲四野,／已經唱出了黎明。
>
> ──《躍動的夜》

在這充滿全詩的「戰爭的童年的情緒,社會的童年情緒」裏面,我們能感受到的,「是純潔的樂觀、開朗的心懷以及醉酒一樣的戰鬥氣魄。在詩人的面前,一切都現出友愛的笑容,一切都發出親密的聲音,罪惡和污穢都銷聲匿跡了」〔註200〕,只有昂然向上的樂觀戰鬥精神。這首《躍動的夜》1940年1月在《七月》第5集第1期發表,是冀汸人生中的一件大事,從此他真正走向詩壇,走進七月派。

與《躍動的夜》的昂揚、明亮相反,《渡》充斥著荒涼、沉重。開頭第一行獨立成第一節:「我們一直不停地走向河……」其中的「我們」卻一下子抓住了讀者的心:「一直」?「不停地」?「走向河」?「我們」是什麼人?接下來,詩人卻沒有立即回應讀者的期待,而是語調極低沉地「描繪了渡頭荒涼的畫面」〔註201〕:「十二月的風／從樹梢滑下／壓死了荒草／壓著失去了青春的顏色的／河流」,而「河流／傾著冰冷的水／無止息地／駛向

〔註199〕李怡:《七月派作家評傳》,重慶:重慶出版社,2000年版,第171頁。
〔註200〕胡風:《胡風書話》,北京:北京出版社1998年1月版,第364頁。
〔註201〕王瑤:《中國新文學史稿》(第2冊),太原:北嶽文藝出版社,2015年12月版,第338頁。

它自己所探險出來的水面」，那水面上「幾隻水梟／縮著爪／展開翅膀／低低飛回地，／以極緩慢的三兩聲不堪回首地『嗷嗷』／在荒涼上播撒著寂寞／／風旋著　絞著　呼嘯著……／水與水碰擊著　與岩岸擦撞著……／那低弱的　急促的／又是憤怒的聲音！／像遭受了／愛的遺棄／於痛苦展轉中沒有了精力的呻咽……／像恐懼於／未來的足以摧殘它的命根的暴力／而喘息……／像不甘於忍受迫害／反抗地／向直豎在它面前的魔鬼狂號……／／為濃霧與飛塵所塗染了的／陰暗得像要哭泣的／天野，／是以怎樣一幅嚴肅的面孔呵／垂下耳朵，傾聽著／這糜爛了的大地上底——／葬送腐朽的陳渣　謳歌正在行進的戰鬥／而且迎接著還在遙遠處遙遠處的我們的幸福的／風與水合奏的／無比淒厲又無比激壯的音樂！」其中的「反抗」與「不甘」，似乎根本沒法抗衡這荒涼——稀疏的禿枝、擱棄的渡船、被遺棄的鷺鷥、枯萎的蒲公英，「狂頑的風／追隨著／滾沸的水／從天邊奔卷到天邊呀……」，一起再現「太古草昧時代」的「荒涼與淒厲」。然而，這裡沒有放棄，因為「我不相信為我所熱烈地愛戀著的河流／就這樣／隔絕為我所同樣熱烈地愛戀著的兩岸！」緊接著，讀者的疑問自然得到了形象的富於感性力量的回答：是戰爭剝奪了這世界盎然的生機；子彈袋、乾糧袋、水壺「早空了」，槍膛「決不能再發熱」的「我們」，是從戰場浴血奮戰歸來的一隊士兵，「我們」「已經是掙扎著／生命的最後的耐力」，「再不能停留」，只能爭取渡過對岸，以空間換時間，才能在戰爭中求取生存。於是，「我呼喊」，「悲哀地呼喊：『渡船呀！』」「含憤地呼喊：『渡船呀！』」對岸的一字排著的船隻聽清了自己同胞的呼救，即將過渡的戰士暗下決心：「讓我們／渡過河，／讓我們／在河的彼岸／把槍炮　刀　火苗……／把力　血液……／把一切兌換自由的東西／重新準備好。」這決心和那「反抗」與「不甘」的不屈意志一起，讓彼岸變成了希望、勝利之所在。

　　《渡》原是冀汸在 1940 年 5 月從湖北宜昌逃往秭歸途中所創作、自我感覺更好的長詩《兩岸》中的一章。《兩岸》的創作，緣起於他和一些同事、學生匆渡長江，和武漢淪陷時他獨自一人行囊簡單地混在潰兵和難民中橫渡漢水的場景之驚人相似的刺激。乘著《躍動的夜》發表所帶來的鼓舞，他要作一次「時代記錄」，用詩點燃心中的「世紀悲憤」。儘管整個作品被胡風批評為「反現實主義的失敗之作」，1942 年 5 月《詩墾地》第三輯《春的躍動》中刊出的這一章，卻具有完全的獨立性，那「飽滿而緊湊有力的結構、開闊

而有層次的畫面感、嫻熟而準確的形象語言、酣暢而粗糲的情感表達、豐富而不顯單薄的意味、現實主義的主題意蘊等，至今讀來還是令人激動不已。或許詩有某種散文化的傾向，過於專注於形象的刻畫，但是，文本中自然地流動著一種『跳躍的、燦爛的閃耀的感情的韻律』，具有一種撼動人心魄的力量。」〔註 202〕《渡》和《曠野》一起被選入了陳荒煤總主編，公木主編的《中國新文藝大系 1937～1949 詩集》（中國文聯出版公司，1996 年 10 月版）。

而寫於 1941 年 1 月 13 日的《曠野》一詩，則以一個巡邏騎兵的口吻，對祖國「曠野」般的「遼闊」、「廣大」，給予了自由無羈的氣勢粗獷、豪放的歌唱，視界頗為壯闊：

> 讓我們的馬／盡情地奔跑吧／／這裡是多麼空闊的馳場呀！／沒有一個土丘／沒有一個石頭／沒有陰森的林子／沒有寬闊的／水深浪急的河流……
> 　　……
> 我們底馬匹／像在追逐著風／也像為風所奔卷地／蹄子把塵土向後邊掀動，／我們在馬上吶喊，／馬，伸仰著頸子／向崇高的天宇／露出整齊的排牙／不住地嘶鳴，／這聲音／比風底叫嘯尖銳／比風的叫嘯旋得更高，／這聲音像要劃破這曠野／流滾到曠野以外的遙遠處！
> 我們底眼睛看得這麼遠：／我們看著前面／和我們底馬鞭所指畫的兩旁／是同樣的遼闊／我們看著這遼闊得模糊了的地方／藍天在那裡沉下了，／我們看著成群的飛鳥／越飛到遠處越低／最後在平野裏溶化了……／我們知道／我們底眼睛看到了曠野底邊緣。／／而我們現在／是奔馳在曠野底中心呵！／……
> 曠野／親愛的曠野，／在這裡／這樣地奔馳／是這樣的自由自在呀！／讓我們來歌唱呵：／「我們底祖國／多麼遼闊／多麼遼闊，多麼廣大……」

　　　　　　　　　　　　　　　　　　——《曠野》

在這字裏行間，看不到戰爭的苦難和民族存亡的危機，只充溢著自信、

〔註 202〕段懷清：《詩與一代之事──關於詩人冀汸、〈詩墾地社叢刊〉及其他》，張業松編選，江聲浩蕩七月詩，商務印書館，2018.01，第 292 頁

樂觀，「如曠野般舒展，峻馬奔騰似的昂揚歡暢，滿蘊著縱橫馳騁的戰鬥豪情」〔註203〕。而且，其中突顯著那個時代巡騎戰士的激越昂揚、富於陽剛美的戰鬥情懷：

> 在馬上／我們愉快地／打開發光的機槍／推上子彈／我們拍著馬：／「有誰來侵犯我們的土地……」／／馬叫嘯著，跳躍著，／好像在流火交織的生死場上／看見了強暴的仇敵／鬃毛豎起來了／好像決鬥一樣的勇敢／憤怒……／我們把韁繩勒緊／好不容易馬蹄迫促地停止了！／而，立即又像旋風一般地回轉身來／朝向出發的地方奔跑……

——《曠野》

這身影「英俊的愉快的」的騎兵戰士，這騎兵戰士的馬，何其默契！在那個眾多知識分子投筆從戎、若干青年學生夢想著、盼望著走出校園，走上前線殺敵衛國的偉大抗戰時代，這樣一種樂觀、昂奮的積極情緒，對國人尤其是青年，是極具感染力的。再仔細看看這二十騎巡邏騎兵戰士，他們奔馳在「遼闊的曠野」的中心，「一個村落滑過了，／前面又現出一個村落」，「一個碉堡滑過了／眼前又現出一個碉堡」，在「奔馳到曠野的邊緣」的路上，他們「眼睛看到了曠野的邊緣」，「閃著泥土的健康的色彩」，「未來收穫的豐足」，還有「年輕的朋友／拿著紅櫻槍／守候著……」他們為這一切驕傲、自豪甚至是陶醉：「我們迎上去！／風迴旋，急速地迴旋／我們嘗不到一點嚴寒，／我們只覺得／空氣過剩的充足／讓我們呼吸得如此舒暢……」這讓人讀到此處，不由得為之心境豁然開朗、精神陡然騰升，不能不生出無比的神往！「理想主義對於人類總是必不可少的，而能夠真正從現實的纏繞中升騰起來，為人們展示超凡的魅力和理想的光彩，那也是需要藝術家付出極大努力的，它並不那麼容易成功。在這個意義上我認為應當充分認識和肯定《曠野》的獨特價值。」〔註204〕1950年代初王瑤總結道：「《曠野》比較寫得好，結構緊湊，也可以感到作者的奔放的情感。詩中除了歌頌祖國偉大的河山外，也寫了英勇的戰士。」〔註205〕或許正是這種獨特價值和藝術上的

〔註203〕 王齊洲、王澤龍：《湖北文學史》，武漢：華中理工大學出版社1995年11月版，第612頁。
〔註204〕 李怡：《七月派作家評傳》，重慶：重慶出版社，2000年版，第171頁。
〔註205〕 王瑤：《中國新文學史稿》（第2冊），太原：北嶽文藝出版社，2015年12月版，第338頁。

成功，讓《曠野》和《筍芽》、《榴花》、《我不哭泣》、《罪人不在這裡》一起被選入了臧克家序的《中國新文學大系 1937～1949 詩卷》（上海文藝出版社，1990 年 12 月第 1 版）。

《躍動的夜》這本詩集裏，《夏日》一詩中偉大抗戰時代的影子，淡到幾近於無，但卻同樣令人感奮。《夏日》寫於 1941 年 6 月，當時的冀汸，為了安全，剛離開中央銀行員工子弟小學避居蒙藏政治學校期間，本在極窘迫處境中，卻以一個農民的立場，樂觀、振奮地「歌頌勞動和收穫的愉快」〔註 206〕。第一節上來就是五個讓人心裏平順的「好的」，不過是夏日裏常見的「白得耀眼的陽光」，「朝一個方向流動的風」，「綠的田野 綠的森林」，「早熟的玉蜀黍、高粱」，和「紅的花 黃的花 粉白的花」，可這時都顯得非常地特別：田野、森林「綠得像金屬的沉澱物、像鑽石」，風也流得「這麼平靜」，玉蜀黍和高粱「像大地伸出的無數隻臂膀／為了歡迎這日子／而揮擺著結實的手掌」，而花則「在風裏／猶如千千萬萬的火炬在閃動」。果真如此收穫的農民自然要沉浸其中：

> 這是如何地可喜呵／我們有了這一天！／／這一天／是希望
> 成熟的日子／是辛勞結果的日子／是自己報償自己的日子／是發
> 笑的日子

——《夏日》

而帶著這份「真實的愉快」「走出草房」後，（第二節）入眼的更是令人欣慰的勞動成果：「昨天拔起的莠草／現在已經枯萎／……它的野性的慣於侵害的生機死滅了」；「棉田裏的棉莢／現在已經裂開／棉花的纖維／毫無拘束地膨脹著／在這日子裏／它要完全裸露出來」「純潔的白色」；南瓜、胡瓜和茄子「一個個都胖起來了」；蕎麥花「開在貧瘠的山坡上」、「最沒有出息的土地上」，「也是如此地燦爛」；「豇豆比昨天掛得更長了，／野玫瑰比昨天紅得更爽」，還有稻田裏生長起來的「嫩綠的稻秧」「一天比一天健壯」，這一切讓「我不由得做了秋天的黃金的夢」，覺悟到「我們應該感謝這陽光呵！」第三節突然轉出「是的，還要想一想／這日子是怎樣來的？」回顧了曾經的不堪日子，是警醒，也是反思，是對自我生命經歷的感性的審視；第四節立足今天展望明天，很清醒現實：「然而，在今天／我們並不能停止我們的辛勞呀！」

〔註 206〕王瑤：《中國新文學史稿》（第 2 冊），太原：北嶽文藝出版社，2015 年 12 月版，第 338 頁。

因為莊稼「它們距離金黃色的日子還是很遠很遠」，「還要用我們生命的全力／和我們靈魂深處的熱望／好好地來保護我們的稻子／不叫它飢渴……一齊步入那金黃色的日子裏。／／到了那一天／讓我們再說一遍／這是希望成熟的日子／辛勞結果的日子／自己報償自己的日子／發笑的日子／／到了那一天／看有那一個狂妄者／敢奔在我們底面前說：／『放下你的鐮刀！』」。很顯然，這裡不只有勞動和收穫的愉快，還有農人必須的勞動的高度清醒自覺。果真如此自覺的農人，自然免不了滿心飄然的歡欣：

> 好呵！這日子／好呵！這陽光／現在我底心裏是愉快又清涼／我一點也不覺得炎熱……／請不要笑我／已經滿頭大汗　滿身大汗／我還要用我底伴侶──／我底紅潤有如紫玉的煙斗／走到我們底田野裏去／你看，我底夥伴們都早在那裡工作……

> ──《夏日》

　　不可否認的是，這是一個青年知識分子的一次特別的農人想像。胡風當年批評這首詩流露了一種小地主的心情，就如很長一段時間裏的小資情調批評一樣，在人民對美好生活的嚮往得到充分肯定的今天，是顯得那麼蒼白、偏執、滑稽。冀汸在收到這批評的回信時心裏很不是滋味，怎麼就成了小地主的心情呢？在某種意義上，理想就是詩歌創作的生命所在。在詩歌創作中不能沒有理想，只要這理想不是真正的烏托邦，而是建構自富於生命感性力量的現實基礎之上，就足以滋生無拘束的、無羈絆的詩歌想像，撐起詩歌的大廈。勤勞地自食其力的豐收日子，在任何時代都是農民的理想，在偉大的抗戰時代也不例外。撇開唯「與抗戰有關」是舉的狹隘性要求，按七月派倡導的主觀戰鬥精神的要求來看，《夏日》一詩可以說正是冀汸誠實地、實質地突進了農民的精神世界並予以了樸素的表現，展示了其生命力的昂揚與勃發。詩中那位農民「我」對土地和莊稼的熱烈情感，因為有了具體莊稼的鮮活意象的支撐，而以「活的具體的生活內容」顯得現實、生動、豐滿，不僅不顯得空洞，而且還在某種意義上賦予了農民以高度的理性自覺，更新了農民形象，從而散發著一種實實在在的、親親切切的吸引力。

　　人生經歷的苦痛告訴冀汸，「那些全力抗戰的中國人所承受的最大的苦難其實還是來自中國人自己」〔註207〕。為了他生活於其中的理想追求，他需要及時作出自我調整。當然，胡風作為冀汸文學道路上最重要的前輩師長，

〔註207〕李怡：《七月派作家評傳》，重慶：重慶出版社，2000年1月版，第179頁。

他的意見或通過路翎等人轉達的意見，無疑是一種重要的力量，它促成冀汸詩歌創作從追求抒情長詩的浩大意境，轉向並且「更善於利用匕首式的小詩從事戰鬥」〔註 208〕，日趨成熟。正如綠原所指出的那樣：「二十世紀四十年代是反動的年代，也是進步的年代；是黑暗的歲月，也是光明的歲月；是悲慘絕望的時刻，也是戰鬥充滿希望的時刻。」〔註 209〕冀汸詩風變化的主要表徵，就是其抒情短詩中主體的意志性日益鮮明、堅定起來，「一般很少對社會現象作客觀的描繪，甚至也很少出現那種情景交融、物我合一的意境，而主要是對自我意念的一種展開。……相對更凝練、更富有哲理色彩，而且充分證明了這個事實：真正具有自我意識的詩歌實際上才產生著強大的現實穿透力；在那鏗鏘有力的意志力的打擊中，我們的靈魂經受了一次又一次的震動，震動並不得力於任何冠冕堂皇的教條，也不僅僅作用於我們的感官，它直接撞擊到我們情緒的深處，與我們內在生命的起搏、與我們個體生命的最真切的現實體驗融為一體。」〔註 210〕在那個馬寅初教授白天打著燈籠去講課的日子裏，夜晚詩人這樣寫著「日記」：

> 我們／偷渡了一道小河／又一道小河……／有蘆葦不安的抖動／有水雞們撲擊翅膀／有夜遊鳥用啼叫詢問／有沼澤睜大失眠的眼睛／／我們／不該再有聲音／／我們呀／哭泣是罪過／笑／也是多餘的
>
> ——《寧靜的夜裏》

詩人追查「罪人」是誰，結果是：

> 劊子手沒有罪／被他殺死的人沒有罪／來看殺人的人／沒有罪……／／愚蠢的沒有罪！／被欺騙來的沒有罪！／／留聲機說錯了話／沒有罪／刀子割斷了花朵的嫩芽／刀子沒有罪
>
> ——《罪人不在這裡》

> 你一代帝王的祖先／不要權力下存在誹謗／殺死一切不是啞吧的人／／幾千年過去了／那種方法也就陳舊了／駭怕知道氣候的變化／於是你擊碎寒暑表的水銀柱／駭怕最後一刻的到來／於

〔註 208〕 綠原：《校讀小記》，見冀汸：《灌木年輪》，北京：人民文學出版社，1995 年 8 月版，第 233 頁。

〔註 209〕 綠原：《〈白色花〉序》，見綠原、牛漢編《白色花》，北京：人民文學出版社，2000 年 7 月版，第 1 頁。

〔註 210〕 李怡：《七月派作家評傳》，重慶：重慶出版社，2000 年 1 月版，第 179 頁。

是你強制時鐘停了擺

——《進化論》

詩人不相信「流淚的狐狸靈魂已經聖潔」（《不相信》）；不相信「還政於民」的放「風箏」者，「任他們撒謊」，「一直撒謊到——／在最後的審判前戰慄的時候／還神經錯亂地模仿墨索里尼：／『我可以給你一個帝國。』」（《撒謊》）；也不願「用幻想裝飾自己／在幻想裏笑／在幻想裏哭泣」（《聖徒們》）；詩人明白並揭露新聞言論不自由的真相：「因為有了光就不是暗夜／因為有了熱流就不能凍結／綠色的生命所呼喚的／冰山一定要拒絕」（《暗夜的凍結》）；詩人高歌他的「不幸」：「不幸我並沒色盲／仍能分辨黑霧中的陰謀／和想望裏的藍天的晴朗」（《不幸》）；詩人勇敢地嚴正質問：「我不哭泣／才鞭答得重嗎？／這就完全對了——／鞭子是你的／意志是我的」（《我不哭泣》）；詩人呼籲「來開會的人，都舉起手來呼喊：『我們要民主！』」「暖風要吹／陽光要透射／呼吸要有聲音／醒著的要站起來……」（《晚會》）主動爭取自我的解放：「囚徒不能等待鎖鏈鏽爛」（《霧》）；詩人平實描繪了專制統治者理想的「安靜的王國」並發出了擲地有聲的質問「聖赫勒拿島安不安靜？／斷頭臺和絞架安不安靜？／墳墓裏安不安靜？／沒有生物沒有風雨的沙漠安不安靜？／聾子和啞巴的國度安不安靜？／不通電流的真空管裏安不安靜？」（《安靜的王國》）……因為，「從激動的流淚到痛苦的流淚／從啞吧說話到說話的變成啞吧／從老人像孩子的天真到孩子裝成老人／從歌唱到悲憤的歎息／從火把到沒有光……」（《七月的軌跡》）是這「七月的軌跡」激發了一個詩人的誓言：「不喊『皇帝萬歲』／不寫一個字讚美木乃伊／不跪在地下親吻凱撒的長靴／不譜制英雄交響曲獻給拿破崙／不做一切爵位和榮譽的買賣／／不要桂冠／不要歡迎會／不要豪華的晚宴／我死了／也不要讚美詩／不要銅像／／好同志／我完全和你一樣／『流血的人不是流淚的人』／我要的也就是你要的！」對國民黨政府的審查制度表達了不屈的態度，彰顯了獨立的精神；這「七月的軌跡」的延伸，培養了詩人「寧為玉碎」的生死觀：

生命啊，生命啊／在今天，在中國／沒有更多的期求——／能夠唱歌最好／能夠大聲哭泣也好／能夠驕傲地活著最好／能夠不屈地死去也好

——《生命》1945.12

正是有了這種生死觀，他在「一九四六年，一個心冷的日子」寫了《罪狀》。「只有真實的才是能夠戰鬥的。」〔註211〕而支持著詩人戰鬥的，是雪天裏有竹筍在冒芽、冬青在開花（《雪天》）；是「在我們的荒蕪的園裏」「突破了嚴寒的暴虐的圍攻」，「第一個紅了」的月季花「對於蓄意摧折的玩弄者／它不寬恕──／用它滿身倔強的刺／守護著生命的燦爛」的堅執（《月季花》）；是那「和人民一起」「一點也不冷」的黃土高原一極（《兩極──寄 B.L.》）。這些真實地記錄了冀汸心路歷程的抒情短章，以其感性而強勁的意志力量擊打著、震盪著人們的靈魂，直抵人們情緒的根本，與人們個體生命最真切的現實體驗融為一體，在當時的國統區傳誦一時。此外，冀汸還有一些自然一樣剔透晶瑩的即景小詩，如《祝福》、《春天的讚美詩》、《早晨和少女》、《雨》、《孩子的夢》、《穗》、《寒冷》等，也頗受歡迎。

今天，在中國知網、超星數字圖書館、萬方數據庫等知名網站，以「冀汸」或「冀汸」＋「冀汸作品名」為關鍵詞進行搜索，能查到的文獻數量簡直是屈指可數。這一事實表明，對冀汸及其詩歌創作的專題性關注、研究極少。是冀汸的詩歌創作自身沒多少價值嗎？詩人的每一首詩，都首先通向詩人，然後再通向讀者。要理解一個若干年前特定歷史時代的詩人的詩作，知人論世似乎必不可少。我們始終相信，真正的詩，是不會被時間淘汰的，終將以其深蘊的生命力量穿越時空，以天然的靈魂撞擊，激活那部分屬於它的讀者也激活它自身。當然，這需要條件。「以眼前的這本詩集為例，其中不少篇什曾經在讀者中間產生過強烈的共鳴，這種共鳴效果從深層次來看，正是以作者和讀者在當時當地的感性生活和感性鬥爭中所共有的歷史感和時代性格為基礎的。假定時光可以回流到四十年代，人們不難體驗到，面臨水深火熱的民族災難，置身於出死入生的革命鬥爭，立志充當時代記錄員的詩人只能寫出作者這樣的詩，讀者也只需讀作者這樣的詩，……。因此，今天要如實認識四十年代的新詩成果，包括這位詩人的成果，勢必超越本文平面的得失，深入語言底層而與當年濡染作者筆端、現今行將淡化的歷史感和時代性格相融合，才能在本文中和作者相遇而一見如故，才不致囿於『時過境遷』的心理距離，將當年激越而痛苦的戰叫譏為『聲斯力竭』，從而將詩窒息在詩學教

〔註211〕冀汸：《致約翰克利斯朵夫》，見冀汸：《灌木年輪》，北京：人民文學出版社，1995 年 8 月版，第 68 頁。

科書的字裏行間，使它完全喪失固有的時空穿透力。」〔註212〕

冀汸1943年開始創做到1946年完成的長篇小說《走夜路的人們》，是冀汸戰戰兢兢地與客觀主義和公式主義進行搏鬥的結果，也是重慶復旦校園文學活動的重要成果。它捨棄了簡單的因果結構模式，突出了小說人物的個體經歷特別是其中的那些偶然性因素，在過去、現在、未來的時間鏈條上，圍繞劉、何兩個家庭的自然出現，各個人物故事，包括金堂與巧巧的戀愛，家庭糾紛、誘姦、誤解、和好、求雨、定婚、收穫，以及一個漢奸馬其時一個財主簡輔成因為日軍到來造成的倫理困境、小玉緣於懷孕不能見容的自殺、日軍的暴行、蝗災及其引發的饑荒、一次偷竊及其後果等，在所謂原始的「野性」「強力」的驅動下自然地發生了，以至於這些小說人物的未來都具有著不確定性和難以預測性，促成他們行動的，不是某種既有藍圖，而是他們作為人，作為特定地域中自然成長著的人，基於本能的衝動和傳統社會環境所自然塑造的道德理性，這讓他們自然地活得困窘、遲疑、動搖和盲目、茫然，不知他們什麼時候能覺悟，更不能期望他們有多高的覺悟。這似乎昭示了生活本身的不規則性和不合主觀邏輯性。冀汸在小說中基本保持了小說人物的獨立性，他從人物的角度「間接引語」出小玉為不暴露姦情而逃出家門後的看法、情感和所思所想，以及何寶山為熬過饑荒找簡輔成借米回家路上目睹蝗災肆虐而展開的道德上的心理搏鬥及其自殺選擇。

實踐是檢驗真理的唯一標準。小說人物的生活實踐不是為了印證小說家的既有認知或理想期待的合理性而發生的，它只遵循小說人物自己那或一生存狀態的主觀目的，以及他所處的當下歷史情境條件對他的許可。冀汸講述這些「走夜路的人們」的「發生了卻最終未完成」的故事，可看作是從歷史真實的角度對一廂情願的烏托邦主義藝術追求做出了反抗，其中大量展示性地描繪小說人物個體由生活事件自然引發的雜亂無章的心理和情緒反應，既踐行著導師胡風「寫人而不是寫問題」的理論指引，又難免有陷入自然主義之危險。

五、布德：獨樹一幟的日兵反戰小說

布德（1915～？），原名謝德耀，浙江杭州人。文學起步較早，在浙江蕭

〔註212〕綠原：《校讀小記》，見冀汸：《灌木年輪》，北京：人民文學出版社，1995年8月版，第234～235頁。

山縣立第三小學就讀期間起，就開始發表作品。1929 年 8 月 31、1930 年 4 月 19 日、1930 年 8 月 9 日分別在《兒童世界》週刊第 24 卷第 9 期、第 25 卷第 16 期、第 26 卷第 6 期發表詩歌《可愛春天到》、兒歌《螞蟻弟弟》、隨筆《失敗者的話》；1931 年 5 月 4 日、10 月 4 日分別在《少年》月刊發表詩歌《屋角上的花朵》、《落葉》，署名謝德耀。1935 年秋學期就讀於孟憲承 1930 年 7 月創立的浙江省立民眾教育實驗學校師範部。其間，1936 年 2 月 20 日，與莫嘉會（筆名麗尼）、李一航（筆名黎央）、馮慕濂（筆名白魯）、呂亮耕等愛好文學的青年，一起創辦過《銅駝》詩刊和《現代詩草》專刊，署現代詩草社編輯。1936 年 9 月 30 日在《中學生文藝季刊》發表詩歌《賣報者》。1937 年 2 月起開始在上海和天津的《大公報》文藝副刊上發表作品。全面抗戰爆發後自杭州流亡到重慶，1938 年 4 月進重慶北碚國立四川中學師範部繼續讀書，與錢谷融、錢驥、湯定元等人同學。〔註 213〕

　　布德之真正走上文壇，是在抗戰烽火中。當年《大公報》副刊《戰線》的編輯陳紀瀅曾在《第三百零三個·序》裏指出：「布德的作品是從烽火中鍛鍊出來的」〔註 214〕。在象牙塔外躲飛機、跑警報的顛沛流離的流亡中，他飽受了戰爭之苦，也走近了人民，擴大了情感聯繫範圍和感受空間，這既拓寬了他小說創作的題材領域，也深化了他小說創作的思想追求。在流亡大後方的路上，他就開始不斷向報刊投稿，有不少作品散見於《新蜀報》、《大公報》等報紙副刊和《自由中國》、《現代文藝》、《火之源文藝叢刊》等雜誌。大概統計，他抗戰時期的文學作品主要有：列鄭伯奇主編「每月文庫」第一輯第八種的短篇創作集《第三百零三個》〔註 215〕（1940），列靳以主編「現代文藝叢刊」三輯之二的中篇小說《赫哲喀拉族》〔註 216〕（1942），列「正風文藝創作叢書」再版的長篇小說《海戀》〔註 217〕（新藝出版社 1945 年；正風文藝出版社 1948 年），和散見於報刊的《天下》（1939）、《朱霞的寂寞》（1939）、《手的故事》（1939）、《第十一及第一》（1939）、《新的宮殿》（1940）、《靈魂頌》

〔註 213〕錢谷融：《我的中學時代》，載《新文學史料》2001 年第 1 期。
〔註 214〕陳紀瀅：《第三百零三個（序）》，見布德著《第三百零三個》，上海：上海雜誌公司，1940 年版。
〔註 215〕布德：《第三百零三個》，上海：上海雜誌公司，1940 年版。
〔註 216〕布德：《赫哲喀拉族》，永安：改進出版，1942 年版。
〔註 217〕布德：《海戀》（又名《海濱有貝殼》），上海：正風出版社無限公司，1948 年版。

（1940）、《橘子》（1940）、《王老頭子》（1940）、《愛與仇》（1940）、《醉蝦》
（1941）、《儲蓄》（1941）、《紅顏》（1941）、《內線》（1941）、《笑渦》（1942）
等小說，《歌者》（1938）、《網——嘉陵散記》（1939）、《窗》（1941）、《夢》
（1943）、《馬車》（1944）等散文，和寓言體童話《頂點的開關》（1940），以
及《山林》（1939）、《一個同志》（1940）《四萬萬個和一個》（1940）等詩作，
《轟炸散記》（1940）等報告。在布德的各體文學創作中，最引人注意、也最
值得關注的，是他的日兵反戰小說。

　　如果可以把抗日戰爭時期的中國文學從題材內容上粗疏地概括為三個部
分：一是側重反映日本軍國主義發動的侵略戰爭帶來的苦難，可稱為「戰難
文學」；二是突出國人的愛國主義精神及其奮起抗日的民族英雄氣概，是真正
的「抗戰文學」；三是表達人們根本上對包括這場戰爭在內的一切戰爭的反對
態度、反戰意識，就是「反戰文學」。那麼，我們不難發現，七十多年來，前
兩者備受關注，而「反戰文學」極少被提起，歷來高校現代文學史教材更從
未提及。反戰文學作為抗日戰爭時期中國文學的一個獨特組成部分，其構成
也複雜，其中表現日兵反戰的作品，如丁玲 1938 年創作的三幕話劇《河內一
郎》，1939 年吳鶴琴的獨幕劇《如此皇軍》和效坎的同名微劇，天虛的中篇報
告《兩個俘虜》，黃源的《俘虜》以及布德、雨田、碧野等人同類題材的小說，
與同時期在華日人（包括俘虜）的反戰文學創作相映照，構成了一道獨異的
文學景觀。而這當中，布德的日兵反戰小說獨樹一幟。

　　布德的小說創作「從敵人到自己，從光明面和黑暗面，都有所攝取」〔註
218〕，而最能表現他的義勇的地方，就是在躲飛機、跑警報的顛沛流離的流亡
生活中，或茶館，或防空洞，在隨時都可能成為炸彈落點的小桌上，他用那
支滿溢民族情感的筆，把對於「獸性」日兵的人性清理，借著《大公報》的
《戰線》、《文藝》等報紙副刊和《自由中國》、《現代文藝》等雜誌，樸實然而
有力地推到世人面前。這就是他根據當時傳媒和在華反戰日人、國共兩黨對
日軍士兵「非戰事件」、日本國內反戰形勢的介紹披露寫成的《第三百零三個》
等反戰小說，作品在《大公報》刊出後，引起了強烈反響。六十多年後其老同
學，如錢谷融、張天授、冀汸、戴文葆等人，一提起他就先想到《第三百零三
個》這篇小說。

　　作為戰爭的親歷者，一個人對戰爭與人的關係的認識水平，直接決定著

〔註218〕布德：《海戀・海濱有貝殼》，上海：正風出版社無限公司，1948 年版。

他的立場，決定著他的表現。毫無疑問，在日本帝國主義發動的這場侵華戰爭中，中國人應當首先有民族主義的立場，國家至上的立場。正因為此，1937年至 1945 年間更多的是「抗戰小說」和「戰難小說」，二者對日兵的描寫，突出的是他們燒、殺、擄、虐等殘暴行為的獸性。事實上，在經歷了「五四」思想革命洗禮的中國作家——中國文化界的優秀分子眼中，在「五四」那面洋溢著人類意識的「人的文學」大旗下，「日本人」這一詞語的內涵是極其有限的，因而他們認定：「在今日，大炮的吼聲就是中國民族要求獨立自由的最具體的表示。這是日本帝國主義的喪鐘，但也是被壓迫被麻醉被驅遣來中國作戰的日本民眾和士兵的警鐘！我們的戰爭負荷著解放自己和促進日本民眾掉轉槍口以自求解放的雙重使命！」〔註219〕（著重號係筆者所加）布德正是這樣的優秀分子之一。在他眼中，在他筆下，戰爭的受害者除了中國民眾，還有一種日兵——被強行徵調參戰的日本民眾。他以日兵為主角的反戰小說，基於民族主義立場又超越了民族主義立場，堅定地表明著中國人對戰爭的根本態度：憎恨，一種基於人道主義立場的徹底的憎恨。

真正的反戰意識，是以人性的覺醒為基礎的。如前所述，對戰爭的認識如何，直接決定著戰爭的親歷者的表現，「被壓迫被麻醉被驅遣來中國作戰的日本民眾和士兵」也不例外。戰爭對戰爭的發動者來說是清楚的，但對被動參與到戰爭中來的人，卻往往很模糊。在這場中日戰爭中，無論「被壓迫被麻醉被驅遣來中國作戰的日本民眾和士兵」，還是中國廣大底層民眾，都是這樣，都需要啟蒙。抗日民主根據地的提出「工農兵文藝方向」和建立「日本工農學校」、國統區的「新啟蒙運動」，以及「民族形式討論」等相關努力，都是對這種客觀需要的積極回應。然而，最難的事莫若改變人的精神。對於文化素養普遍偏低的被啟蒙者來說，最有力的啟蒙往往來自生活現實本身。日本當代反戰小說家野間宏曾經這樣界定日軍：「人們一旦進入軍隊之中，人性便被剝奪，而這支軍隊恰恰是由被剝奪人性的士兵組成的。」〔註220〕戰爭的鐵血邏輯，為士兵造就的現實是隨時隨地可能死亡。而面對死亡，只有恐懼和逃避是無助於覺醒的。同是直面戰爭，有的人人性覺醒並產生了反戰意識，有的人卻變得更獸性泛濫完全喪失了人性。這就注定，在

〔註219〕茅盾：《寫於神聖的炮聲中》，載《吶喊》1937 年第 1 期。
〔註220〕野間宏：《寄語〈真空地帶〉大阪公演》，轉自何乃英：《獨具特色的日本反戰文學》，載《百科知識》1995 年第 8 期。

現實戰爭中，士兵民眾的精神心理不可能是單純的，他們不可能對自己參與的這場戰爭有高水平的認識，他們人性的覺醒和反戰意識的生成不可能是朝夕之間的事。

正是在這種意義上，布德難能可貴地以一系列短篇小說層次清晰地呈現了這種覺醒，和以之為前提的反戰意識生成之艱難性、複雜性和曲折性，深入靈魂地表達了戰爭受害者對日本軍國主義窮兵黷武政策的強烈抗議，從而明顯相異於雨田的《罪》、碧野的《花子的哀怨》等作品通過著重表現日兵對自己在中國戰場上的獸行產生的罪惡感來揭示其人性。在他最早的也是最有名的反戰小說《第三百零三個》裏，展示的只是一種由對戰爭中家屬遭遇不公的醒悟及其引出的恥辱感所促成的萌芽式的覺醒。這篇小說取材於一個真實事件：在揚州的婦女慰勞所裏，一個日兵遭遇了他的妻子，悲憤之中倆人一同自殺。小說中男主人公吉田三太郎原是一個仁慈的人，他深愛著妻子慧子。可被徵調到侵華戰場上後，他爭強鬥狠，為自己擄掠「徵發」的成績不佳而自慚形穢，為自己在中國戰場上肆意糟蹋、殘害中國女性三百零二個的數目不如戰友而自慚形穢。他那因中國女性反抗而殺死他七個同伴所激起的「復仇」心，加上保全生命的本能，構成他一切行為的動力，使他覺得這些獸性行為都無可指責。他對他參與的這場戰爭，沒有能促成「反戰」意識的基本認識，除了服從。可就是這個獸性的日兵，也自然地懷念他那遠在家鄉的妻子慧子和「淺草觀音堂」那充滿詩情畫意的生活，並因這種懷念感到寂寞而悒鬱——他內心深處還有著人性的溫情。他到綠楊旅館——日本婦女勞軍慰問隊去尋求解脫，卻意外地發現他妻子慧子也被徵來中國做了慰安婦，他們的孩子也因此斷奶而死了。這一發現沉重打擊了他，他開始明白了軍部的無人道——無人地道處置出征將士的家族，最終和慧子一同撞牆而死。小說在1938年8月23日、24日《大公報》的副刊《戰線》連載刊出後，立即引起了強烈反響，《大公報》新聞版為此發表了由王芸生執筆的社評《讀〈第三百零三個〉》。〔註221〕然而，這死，雖不能不承認是反抗，可絕不是作者所期待的。對此，作者在題記中說：「能夠勇敢地死，也許便是日本的武士道精神。可是，死，並不能阻止日本軍閥的狂暴。無數的吉田呵，無數的慧子呵，起

〔註221〕王芸生：《讀〈第三百零三個〉》，載《大公報（漢口）》1938年8月24日第2版。

來！舉起你們自己的臂膀，把日本軍閥打倒吧！」〔註222〕「哀其不幸，怒其不爭」之衷情溢於言表。吉田對這場戰爭至死也沒有形成清晰的是非觀。小說最後一段中寄希望於十五號房中的皇軍的那追問：「誰發動這戰爭，為什麼發動這戰爭呢？」表達的才是作者的期待。

然而，這種期待也可能變成遺憾。在《四層包圍圈內的黑點》中，主人公川島，小說沒有寫他的任何「獸行」，而是一開篇就指明他是「挺善良又挺可憐」的人，並一度提醒讀者「他不會殘害我們的游擊隊員」。通過他與失散的游擊隊員的對話，展示了作為日兵的他的善良和可憐。更為重要的是，對話中他對日軍的處境深刻的、最富於眼光的概括，他們處在四層包圍圈裏，「第一圈是支那游擊隊，第二圈是支那正規軍，第三圈是全支那人民，第四圈則是國際輿論。」〔註223〕然而，理智這樣清醒的川島，成為黑點的川島，竟沒有進一步追問「誰驅使那群可憐的黑點呢？黑點又怎樣安排自己呢？」這追問是不滿，也是遺憾。

到另一篇同樣取材於真實事件，被蕭乾選入「大公報文藝編輯部」編出的《清算日本》一書、又被王愛平譯成世界語載《遠東使者》的小說《海水的厭惡》中，田武等十五個日兵開始了對戰爭的拷問，對自我生命意義的拷問。這一篇小說以虛擬田武和大海之間的對話展開，昔日夥伴的死和淒涼的祭禮，使武和他的十四個夥伴對這場戰爭的意義發生了懷疑，使他們省悟了愛情、親情、友情被扼殺，他們「鄙棄著生和一切，僅僅為了要捨棄恐怖的戰爭」。在確定死亡必然來臨之際，他們進行了生還是死的爭論。最後，「為了拯救千萬個人，為了拯救千萬個家屬」，他們相約一起投身大海，用「屍諫」表達對戰爭的反對。十四個夥伴已經跳進了海裏，但是田武好像聽到了海的靈魂與自己的對話，這加深了他對生命和親人的留戀，遲遲不能行動。當他終於拋開這一切，投身到了海底去尋找他的夥伴們，卻又聽到了一千個中國工人的冤魂在海底憤怒的控訴，和追擊他的喊聲……同是選擇死，較之吉田，田武們的選擇是經過了激烈的思想鬥爭後付諸實施的，那爭論與田武生死抉擇的內心搏鬥一起表明著自我意識的覺醒，透著要掌握自己命運的人性之光。他們主動赴死的最後選擇，被他們賦予了崇高、莊嚴的色彩。田武們為能自由地說話而主動赴死，可死後有了說話的自由又沒有人能聽到他的話，

〔註222〕布德：《第三百零三個》，上海：上海雜誌公司，1940年版。
〔註223〕布德：《第三百零三個》，上海：上海雜誌公司，1940年版。

這一覺悟帶給田武悲哀、失望、懊悔，並終於促成了他明確的反戰意識：死是沒用的，必須奮起反擊，和戰爭的製造者作鬥爭。他那「強服兵役，不願戰死」的供狀，更透著一種直面自我直面現實的毅勇與正氣。但，這都還不夠！試看「後記」中對於行動的呼籲：「為什麼非慘苦到這樣不可？誰製造這慘苦的根源？無數的田武呵，我希望我們對準軍閥，一齊揮動拳頭。」

在發表於 1939 年 4 月的《手的故事》裏，鐵匠出身的日兵鈴木經歷了樸素然而同樣艱難曲折的覺悟歷程後，終於以實際行動反戰了。鈴木被徵調往華時第一個舉手高呼「天皇萬歲」，上戰場時第一個舉手高呼「天皇萬歲」。在他還唱著《椰子の島》的歌，沉浸在春戀的甜蜜回憶的路上，他遭遇了中國游擊隊破壞路軌導致的兇險，從此他的手一次又一次地染上血。而「嚴禁士兵在家書中提及路軌被掘情形」的命令，剝奪了他向親人尋求溫愛撫慰的權力。直面小田等夥伴的遽死，鈴木開始在血污裏追問：「為了什麼？是什麼使他們這樣慘痛的死去？」「誰使這許多人流血？為什麼這許多人非流血不可？」這還不是覺悟。白日裏他仍然用那雙手殺戮、擄掠、徵發，仍然黃昏一起又懷念昔日的鐵錘、紅紅的爐火和溫暖的家庭。在像「夜接替白日，人性接替著獸性」一樣的循環中，他的憂傷日益沉重。慢慢地，他省悟到：戰爭是一個鐵錘，並追問「誰揮動這鐵錘？為什麼揮動這鐵錘呢？」但他永遠不能徹底知道。他只能到「皇軍慰安所」尋求寄託。一次偶然與「四十七號」小田戀人相遇，帶來了他無盡的懺悔，也終於促成了他反戰意識的生成，最後他參加了反戰的嘩變。作者在小說最後寫道：

> 自然日本軍閥不會容許鈴木他們的嘩變擴大，也許鈴木粗糙的手指不久便會變成屍灰。但是，今天，無數鈴木的夥伴都和鈴木一樣明白了：軍閥揮動這一個巨大的鐵錘，粉碎多數人血肉，多數人幸福，僅僅只為了少數人要在支那開採鐵礦煤油，為了少數人要建築歡樂。在這樣為正義而戰的戰爭裏，鈴木即使失去一條胳膊，也何所苦惱呢？為今天，日本每一個主張正義的人，每一個日本工人同志，都將舉起了自己的臂膊：「打倒軍閥」。〔註224〕

再聯繫《曹芳華》中鈴木隊長「我」因一個支那女人的決絕的民族義斥，和她英勇的策反和獻身，而幡然「覺悟」，其心之殷殷可見。

布德的反戰小說也站在純粹的人道主義立場，有意淡化對戰爭整體的是

〔註224〕布德：《第三百零三個》，上海：上海雜誌公司，1940 年版，第 75 頁。

非評判，專力於揭示戰爭扭曲人性，剝奪人性，從而暴露血腥戰爭的殘酷性，影射軍國主義的殘暴。《母反舌鳥》的主人公鷹林，被徵調往華作戰，反戰請願被駁回後，懾於日本軍部的徵調暴力，臨行前為解除後顧之憂而親手砍死了自己的兩個孩子，出征路上高呼「天皇萬歲」，心裏卻藏著不能言狀的悲哀。對這臨行前 10 個小時慘痛的心靈煎熬不止一次的回憶，終於讓這位日兵那「國家的身體」回歸了自我，他懊悔「只知道用刀殘殺自己的親屬」，發出了「打倒軍閥」號召。這當中，日本帝國主義徵兵的暴政、被徵調民眾的被動和恐懼，就是獸性擠走人性的理由。同時，布德細緻刻畫戰爭面前個人力量的弱小、無奈，側面揭露戰爭的對人性的摧殘，傾吐了人們對戰爭的詛咒和憎惡。《寂寞的哨兵》裏，哨兵佐藤野夫在冰涼的雨水中做著遠征人的懷鄉夢，飽嘗生理的飢餓與心靈的寂寞，終於在近於「迫害狂」的幻覺中恐懼、絕望地死去。作者不關心他覺悟如何，而側重表現其生命為戰爭摧殘的無聲與徹底，揭示了普通日兵愛情、親情、友情之被戰爭摧殘、壓抑、扼殺，以及獸性對人性的褻瀆而導致的不可避免的悲劇命運。

此外，布德筆下的日兵，或許還有一點爭強鬥狠的「英雄」心理，但更多的是對戰爭的厭惡、逃避和對於死亡無可奈何的悲哀和沮喪。以他們為表現對象的平民化視角選擇，與「抗日戰爭時期中國文學」中偏重英雄形象的塑造形成鮮明的對比，卻更切合人道主義立場的審視。還有，作家對日兵人性復蘇並戰勝獸性而最終覺悟的描寫，都是圍繞著他們對親人的懷念中展開的，其中的妻子都美麗、善良，這種美好與他們慘痛命運的反差，既強化了人類愛情、親情的聖潔及其被踐踏，也把侵略者和日本普通民眾區分開了。這種視角選擇與作者對日兵的獸性行為敘寫往往極簡略相應，突出了小說的人道主義蘊涵，深化了同類題材的內涵開掘。

靈魂的每一次覺悟總是艱難的。聯繫陳紀瀅在《〈第三百零三個〉序》裏「這本集子特別應該送給日本善良的大眾去看」的感受，可以看出，布德所持的是一種上承五四傳統而來的啟蒙主義的寫作姿態，他對戰爭面前日兵（民眾）的精神蒙昧的敘寫，頗有魯迅「揭出病苦，引起療救」的脈風——只有日兵（日本民眾）自己覺醒了，認識到他們和中國民眾一樣是這場戰爭的受害者，和平才會有希望。也正是在這種啟蒙主義的敘寫中，作者的筆觸伸進了階級和人性的領域。從吉田、川島到田武到鈴木，他們覺悟歷程各異，表明布德對日兵精神病苦的樣態的豐富多樣，是富於洞察力的，特別的是他們那

由無到有、由朦朧而漸趨清晰的階級意識。真正省悟前他們戰場上的「獸性」
行為，一方面是軍隊對人性剝奪的結果，另一方面也是作者客觀上有意無意
寫出了人性中弱肉強食的惡的本質。與此相反，他們在覺醒後行動起來的過
程，又透出了人性力量的強不可當。

　　綜觀抗日戰爭時期的中國文學，其啟蒙姿態也是鮮明的，但與五四文學
相比，其主要專力於「鼓民力」層面，以致給某些人造成「救亡壓倒啟蒙」的
印象。啟蒙主義寫作主要有兩種傾向：現實揭示與理想展現。二者兼顧是自
五四以來最讓作家們為難的事。抗戰時期呢，既有文學史呈現的事實，先是
一味展現理想，後是二者兼顧。這種概括是就整體而不是某個作家而言的。
布德的作品表明，他有意無意間作出了二者兼顧的大膽的藝術抉擇。

　　首先，他通過剖析人物心靈，完成了對自己所體認到的反戰意識生成歷
程的清晰呈現，這正是在新的歷史形勢下堅持以魯迅式「高的意義上的寫
實」，對人物現實「靈魂的深」予以文學藝術的揭示。生活千姿百態，戰爭中
日兵的精神病苦也多種多樣，其揭示要求大致簡明而又靈活多樣的藝術構思。
布德常常能在有限的形象結構中作「細緻入微」〔註225〕的心靈刻畫，最大可
能地凸顯了創作意旨，其構思大體一致地選擇戰爭的最小細胞——士兵（而
非戰爭決策層的人物）作為表現對象，在他們的內心世界裏完成主題的傳達，
但又能做到因人而異。他或者橫截最能凸顯日兵身上「獸性」與「人性」矛盾
的生活畫面，生動傳神地予以揭示。如《母反舌鳥》、《第三百零三個》等，後
者截取了吉田「徵發」和戕害女性上爭強鬥狠的「獸性」與他懷念家人、渴望
和平生活的「人性」最集中的生活片段，在吉田到綠楊旅館——日本婦女勞
軍慰問隊去尋求解脫那一刻，出奇地激化矛盾，人性對獸性的鬥爭瞬間現身，
對讀者了形成強勁衝擊。或者縱取一段生活歷程，在生活的自然發展流程中
展開人性與獸性的矛盾鬥爭。如《手的故事》切取了三個春天之間鈴木從第
一個舉手高呼「天皇萬歲」到第一個舉手發動「嘩變」的精神心理變化歷程，
在其間由血與死亡逼生的思考中昭示了人性和獸性矛盾鬥爭的複雜性，讓讀
者在一個動作的意義嬗變中感受反戰意識的艱難生成，平實有力。落實到具
體的敘述角度上，無論是第一人稱還是第三人稱，布德都不拘泥且運用得靈
活而機智。如《海水的厭惡》、《母反舌鳥》都用主人公作第一人稱敘述，但前

〔註225〕陳紀瀅：《第三百零三個（序）》，見布德著《第三百零三個》，上海：上海雜
　　　　　誌公司，1940 年版。

者「我」的敘述明顯借鑒了象徵、意識流等現代派手法，尤其「海水的厭惡」本身的象徵性，使讀者理解作者的用心時也分明感受到作品的虛構性；而後者「我」對因被徵調參戰時親手殺死兩個孩子時所遭受心靈折磨的回憶講述，則兼有了第三人稱敘述使對象客觀化的長處，讓讀者感受起來更覺親切、真實，也更加同情主人公及他一類日兵的遭遇，更加憎恨戰爭的發動者；再者，同是第一人稱講述，《四層包圍圈內的黑點》的敘述者「我」直接以一個旁觀者的口吻講述善良而可憐的日兵的戰爭境遇，作為表現主人公的視點和手段，使作者觀照日兵境遇的人道主義立場更加鮮明。而《第三百零三個》、《寂寞的哨兵》、《曹芳華》和《手的故事》等限制性第三人稱敘述的作品，也常常兼有第一人稱的許多長處和特點，使客觀的現實事物全帶上了主人公的主觀色彩，不覺中強化了對讀者傾向或同情主人公的引導。其次，布德多形式地展現了對日兵覺醒的理想性願望。這是忠實於時代感召、民族和自我內心要求的藝術抉擇。《大公報》社評《讀〈第三百零三個〉》結尾即是一個明證：「可憐無數的吉田呵！……當你們毀滅自己的生命的一剎那，你們心情的感應究竟是悲憤呢？還是覺悟？死去的『大和魂』，假使它真有悠悠不斷的一絲魂靈的話，我真祈禱它覺悟喇！」但這抉擇，既顯示著他不凡的藝術素質，也將他推上了一個藝術危崖。一方面，其殷切期望的傳達，多巧妙寓於作品的形象結構。或在「題記」、「後記」中直接和盤托出，如前引《第三百零三個》的「題記」；或直接由敘述人言論中表露，如《四層包圍圈內的黑點》中「誰驅使那群可憐的黑點呢？黑點又怎樣安排自己呢？」的議論，《母反舌鳥》裏第一人稱敘事人日兵鷹林最後的號召；或突出地表現為其作品常常用文本所揭示的現實激起的心靈火花作結，如《第三百零三個》文末「十五號房中的皇軍」的「明白」，《手的故事》中鈴木們的「嘩變」和那「徹底的明白」，《海水的厭惡》裏田武「強服兵役，不願戰死」的供狀。另一方面，終因傳達太急切，而造成某些願望展示直接損害了作品的形象建構，明顯干涉了讀者感知的自由，單單從藝術性角度看，是難免責難的。對此，早有學者強調，抗日戰爭時期中國文學的意義不能單從藝術性上去權衡，必須回到歷史情境中去看。聯繫當年《第三百零三個》最激動讀者的不是吉田戰爭中的靈魂感遇，而是小說對吉田們殘害女性的獸性之點滴揭露，以及王芸生那民族情緒化的社評，看看錢谷融、戴文葆等人時隔 60 多年後仍不免情緒化的回憶，我們還能一味苛責作者嗎？

　　自然，理解不等於肯定，更不等於全盤肯定。我們不能因此就忽略布德日兵反戰小說極明顯的幼稚和瑕疵，如幸田在兩三個月裏糟蹋女性的數目誇張過度在發表之初就有人指出，一些作品結尾也鑿痕明顯等等。小說作品的成功從來離不開作者對人與人生的體察思考、準確把握與相當的藝術素養。布德日兵反戰小說的不足，是一個經歷著抗戰烽火鍛鍊的成長者不可避免的，它遮不住作品所充溢的悲劇事實和人道主義光輝。環顧抗戰八年間新老作家的小說創作，在當時難免偏頗的文學期待心理態勢下，布德自覺不自覺地做出這種藝術抉擇絕不是偶然的個別，而顯示著某種歷史的普遍性。

　　綜上所述，我們更應該看到，布德這些作品對日兵人性狀況和反戰意識的清理，在一定程度上形成了對五四以來中國文學啟蒙主題的拓展和深化；同時，那種對獸行累累的日兵的人性化觀照、字裏行間透著的深切同情，也表明著中國作家鮮明的人類立場和高尚的精神境界。

結語　歷史成就及文學史意義

一

　　抗日戰爭的戰火不斷蔓延中，中國整個陷入了近代以來空前的動盪之中，整個社會生活與文學格局較戰前發生了巨大變化。國民政府 1938 年底正式遷都重慶，各級政府機構以及大中學、商業機構、工業機構等紛紛內遷，旋即形成重慶、昆明、桂林和延安等抗戰文化中心。在這一新格局中，重慶復旦大學作家群和延安魯迅藝術學院文學群體、昆明西南聯大文學群體等特殊的戰時文學景觀，對它們之中任何一部分的「文學史」特殊價值的認識與判斷，都離不開與其他部分的比較。我們前面就重慶復旦作家群的生存環境及其文學活動發生、發展作了縷述和形態分析，概述了其文學活動實績，就重要作家及其代表作品作了專章專節的分析討論，然而，要最後對其文學成就及其文學史意義作出判斷，還得在和其他部分文學景觀的比較中完成。為此，我們先借鑒既有相關研究成果，從時事政治導向趨離、文學創作精神追求和文學創作藝術水平等四個方面將復旦作家群景觀與西南聯大文學景觀、延安魯藝文學景觀，作一大略比較。

　　就對時事政治導向的趨離而言，自近代救亡意識形成以來，文學與政治的關係一度成為敏感話題。在抗日戰爭期間，這種敏感卻是極其適宜的，如果缺乏了這種敏感，似乎就有變成麻木不仁的「亡國奴」的危險。當然，在這個時期裏，最大的政治，就是抗日救亡，其他一切都得靠後。中國抗戰文學作為服務抗戰的文學，在二十世紀中國文學發展史上具有特殊的重要價值，因為它們有著共同的主題和共同的思想追求：「表現民族解放戰爭中新人的誕

生，新的民族性格的孕育與形成。甚至情緒與風格上也彼此相同，無不在熱誠地渲染昂奮的民族心理與時代氣氛，英雄主義的調子貫穿一切創作，表現出來的統一的色彩，鮮明而單純。」〔註1〕但是，不同地域環境中的抗戰文學風景，在對現實時事政治的趨離上，也存在著程度的差異。而重慶復旦大學作家群和西南聯大作家群、延安魯藝作家群分別是抗戰時期大後不同的政治環境與文學環境中的「典型」，是三種不同風格的代表，彼此之間因為所在區域政治文化環境的差異而導致的文學活動之分野，本身值得關注。

　　如前所述，上海復旦大學遵照南京教育部的指示西遷，在 1937 年 12 月底遷抵重慶，並於 2 月下旬搬往北碚黃桷樹鎮夏壩，這就是重慶復旦大學，從 1937 年底到 1946 年 10 月左右返回上海，在重慶前後歷時八年多。抗戰時期重慶是陪都，是國民黨政府的中樞機構設置地，也是國民黨專制文化的中心。同時，國共兩黨為爭取支持、爭取人心，都把重慶作為重要戰場。中國共產黨在重慶設立了中共中央南方局，以周恩來為首領導民主力量開展爭取民主、自由的鬥爭。激烈的政治鬥爭必然地滲透進學校，高校自不能例外，他們採用不同的手法在人才薈萃的大學校園展開鬥爭。重慶復旦大學師生當時成了國共兩黨爭取的主要對象。中共地下黨在學生中間積極開展活動，支持學生們抗日救國；國民黨的特務分子、「三青團」成員也化妝成「職業學生」出沒在學生中，監視進步學生的一言一行。1938 年 7 月國民黨當局重新提出要對圖書雜誌進行原稿審查，這讓身處鬥爭激烈而敏感的政治中心的復旦作家們，直接面臨著國民黨文化上言論壓制日益嚴酷的專制壓力。因此，旗幟鮮明地表達自己的政治態度，明確自己的政治立場，是他們首先必須面對的問題。而在抗日戰爭的時代大潮中，最大的政治就是抗日，於是，有關抗日戰爭、有關民族精神的題材構成了復旦作家抗戰文學的主要部分。從 1938 年 1 月成立的文種社，到同年秋冬成立的抗戰文藝習作會，1940 年冬出現的文藝墾地社，1941 年夏秋出現的詩墾地社，他們始終沒有忘記時代所給予的偉大指示，積極配合文協「文章下鄉、文章入伍、文章出國」的號召，積極抒寫自我與現實，進行復興中華民族的抗戰宣傳。他們滿懷民族鬥爭的憂憤與激情，如詩墾地社的鄒荻帆們那「世紀的憤怒」抒寫；他們在每個人都不得不面對的戰爭造成的現實困境中渴求著、爭取著生存，如鄒荻帆的詩《給一個

〔註 1〕錢理群、溫儒敏、吳福輝：《中國現代文學三十年》（修訂本），北京大學出版
　　　社 2000 年版，第 447 頁。

女同志》、化鐵筆下那《城市底呼喊》；他們關注自己和他人的現實生存狀態，如姚奔筆下那貧弱卻主觀力量無比強大的「我」和成為「反抗的符號」的「我們」；關注掙扎在生存漩渦中的普通民眾，如綠原筆下《虛偽的春天》和化鐵筆下《旅行》中的農夫命運。在這裡，我們不難發現，復旦作家群對抗日這時代最大的政治，是自覺趨附而且十分緊密的；而對國共兩黨的黨派鬥爭政治，則明顯是要避離國民黨的政治黑暗，而對中共的光明指引表現出更多的想像和親近。

　　1938 年，西遷入滇的北大、清華、南開三所著名高校組成了西南聯大。雲南地處中國西南邊陲，群山環抱，自然資源豐富、自然風光迷人，卻與中原地區長久缺乏足夠的溝通，因而給人以遼遠蠻荒之感，彷彿一個獨立王國。西南聯大的到來，讓雲南文運大盛。這時的雲南同樣屬於國統區，但政治、經濟較國統區其他地方穩定，環境也相對寬鬆，這裡沒有國民黨書報審查制度肆無忌憚的橫行，也沒有馬克思主義理論、共產主義理想，遠離重慶、延安兩大政治意識形態中心，任何政黨的意識形態控制要徹底滲入都困難。龍雲治下的雲南政府與國民黨中央政府既協調又對抗。這樣的政治環境，為西南聯大師生的自由精神活動提供了有力保障。當然，全民抗日戰爭的大環境下，昆明生活並不更加輕鬆，通貨膨脹，物價劇漲，西南聯大師生的生活日益窘迫，甚至出現教授靠典賣衣物和書籍、文稿來維持基本生存，仍不免衰弱、疾病、兒女夭亡等慘劇發生。但因離戰場遠，戰爭衝擊較少，離抗戰這時代最人的政治，和國共兩黨的鬥爭政治，都有相當的距離，因而西南聯大師生對現實生存苦難能夠保持著一種距離性的觀照姿態。

　　1938 年 4 月 10 日，延安魯迅藝術學院在橋兒溝正式成立。當月內，魯迅實驗劇團，以魯藝文學系學生為主體組成的文學社團「路社」，先後成立。延安位於陝北南半部，北接榆林，南連咸陽、銅川、渭南，東隔黃河與山西臨汾、呂梁相望，西與甘肅慶陽為鄰，抗戰時期是中共中央所在地，一度成為當時中國青年心中的聖地，那裡也被親切地稱為「解放區」。「延安的城門成天開著，成天有從各個方向走來的青年，背著行李，燃燒著希望，走進這城門。」〔註2〕中共在那裡實行統一戰線、突出文化和整風運動三大文化戰略，「『統一戰線』改變了過去『關門主義』的做法，在整體上改變了延安文學生

〔註 2〕何其芳：《我歌唱延安》，《何其芳文集（第 2 卷）》，北京：人民文學出版社，
　　　1982 年版，第 174 頁。

產的空間；『文化戰線』的提出，改變了文藝在革命中的地位和意義，也改變了文學組織架構的方式，還擴大了文藝創作的隊伍。」〔註3〕而且延安已形成了「政治─文學規範─文學面貌」的文學生產路線，以宣傳鼓動為能事，張揚「革命浪漫主義」，抑「洋」崇「土」，倡導「文藝下鄉」，要作家們摹寫「真人真事」，突出革命群眾的自我塑造，規範出「調查─確定寫作計劃─創作及修改─發表」的文學創作四環節，大力弘揚頌歌光明的創作取向。總之，中共文藝政策的關鍵在於文藝創作與抗戰實際相結合。與此相應，魯藝師生被要求向工農兵學習，與工農兵打成一片，最好和工農兵沒區別，他們的文學活動在統一戰線的大背景下，被要求歌頌光明，寫工農兵，表現工農兵革命英雄光輝事蹟，以鼓舞民心開掘民力。在這裡，魯藝師生作家遠離了國民黨的專制政治，親近並投身到中國共產黨的新的政治文化實踐中。

總體上看，重慶復旦作家群的文學活動是與抗戰最大政治和國共兩黨的政治，都是距離最近的。這決定著他們的文學活動必然顯示出強烈的複雜的政治色彩，在中國抗戰文學中佔據一個特別的位置。

從文學創作精神追求來看，承前所述，重慶復旦作家群有至少三種表現：一是中間立場的抗戰至上取向，一心為抗戰服務，沒有明顯的黨派傾向。如馬宗融、翁達藻。二是擁護國民黨的政治文化政策，自覺踐行三民主義文學思想。如《新血輪》部分作家。三是不滿國民黨的專制政治，而神往以延安為代表的中共領導的解放區政治文化。許多學生作家，都通過各種途徑設法前往解放區。1938 年 4 月 10 日，文種社的拱德明（拱平）、白汝瑗、徐霞和沈大經離校經武漢轉赴延安。1940 年初方璞德化名楊永直成功前往延安。同年 5 月鄒荻帆到重慶欲去延安未遂。1945 年春夏，王先民、顧中原和冀汸等人擬去解放區，即將出發前王、顧不幸死難於嘉陵江翻船事件，冀汸則因抗戰勝利而留下完成學業。

西南聯大師生作家則因政治環境相對寬鬆，精神活動自由，其文學創作上的精神追求，更趨於將苦難昇華到形而上的思考，體現出一種深刻、凝重的生命意識。教師作家中典型者，當推 1920 年代成名的「最傑出的抒情詩人」馮至，他以其一生中最輝煌的文學成就《十四行集》27 首詩，向世人推出了「沉思的詩」，「表達人世間和自然界互相關聯與不斷變化的關係。我把我崇

〔註 3〕周維東：《中國共產黨的文化戰略與延安時期的文學生產》，廣州：花城出版社，2014 年 10 月版，第 14 頁。

敬的古代和現代的人物與眼前的樹木、花草、蟲鳥並列，因為他們和它們同樣給我以教育和啟示。」〔註4〕他突出了「交流理論」和「生死之變」兩個主題。集中《鼠曲草》、《威尼斯》、《我們來到郊外》和《畫家梵訶》、《我們站立在高高的山巔》、《有多少面容，有多少語聲》、《我們聽著狂風裏的暴雨》等寫「人的交流」；《我們準備著》、《什麼能從我們身上脫落》則表現著「死與變」的主題。學生作家中典型者，莫過於南湖詩社、冬青社成員、後來被譽為「中國新詩界的魯迅」的詩人穆旦，他有著高度的詩歌創作自覺：「首先要把自我擴充到時代那麼大，然後再寫自我，這樣寫出的作品就成了時代的作品。」〔註5〕他的《防空洞的抒情詩》、《從空虛到充實》將個人的體驗朝向人類共同的類體驗提升，他的《詩八章》則將愛情體驗完全昇華為最高生命層次的哲學沉思，給人「看破紅塵」之感。

　　延安魯藝師生文學創作上的精神追求，則在單純的抗日統一戰線旗幟下，基本上服從中共文藝政策的規範，更趨於自我改造以向現實日常生活貼近，以表現工農兵生活中的新事件、新英雄。除了老師中的何其芳、周揚等人外，更有學生中的孔厥極富才華地創作了《老會長》、《郝二虎》、《受苦人》、《一個女人翻身的故事》等影響力較大的作品，後來更是和袁靜合作創作了《新兒女英雄傳》，成為解放區文學的代表作。賀敬之到達革命聖地延安後，尤其是1942年整風之後，眼睛更多地看向了民歌，從中吸取新的詩情。黃鋼則以優秀的報告文學作品《樹林裏——陳賡的兵團是怎樣作戰的之一》和《雨——陳賡的兵團是怎樣作戰的之二》，敘寫八路軍對日作戰的艱難困苦，和所向披靡的戰鬥意志，受到毛澤東的表揚。

　　文學創作精神追求的不同，也表現在文學體裁的選擇分布上。整體看來，重慶復旦作家群、延安魯藝作家群和西南聯大作家群的文學創作，詩歌體裁被普遍地、廣泛地採用。而不同之處在於，復旦作家群也重視小說和報告文學、戲劇尤其話劇；西南聯大則在小說上頗多建樹，如馮至的《伍子胥》、沈從文的《看虹錄》和卞之琳的《山山水水》等，散文上成績不菲，如馮至的《山水》、沈從文的《燭虛》等；延安魯藝則最多地選擇了報告文學，然後才

〔註4〕姚丹：《西南聯大歷史情境中的文學活動》，廣西師範大學出版社2000年5月版，第183頁。

〔註5〕姚丹：《西南聯大歷史情境中的文學活動》，廣西師範大學出版社2000年5月版，第259頁。

是小說、散文、戲劇。如丁玲有《彭德懷速寫》等，周立波有《王震將軍記》和《小哨兵》，何其芳有《朱總司令的話》，黃鋼則與馮牧、楊思仲合作了《我們的部隊在山林裏》，等等。

要對重慶復旦作家群、延安魯藝作家群和西南聯大作家群的文學創作的藝術水平做出高下評判，幾乎是不可能的事，而且始終難免很大的主觀推斷成分。重慶復旦作家群的文學創作因為地處陪都，距離國民政府政治中心太近，受政治壓迫和束縛最厲害，只有詩墾地社詩人群的《詩墾地叢刊》和詩歌創作，尤以綠原的政治諷刺詩最為人稱道；靳以的長篇小說《前夕》和布德的日兵反戰小說《第三百零三個》、《愛與仇》，冀汸的《走夜路的人們》等不多的代表性小說作品，尤其《走夜路的人們》突破了革命者成長小說敘事模式，忠於人物、尊重人物自身生命成長發展的邏輯，最大限度地還原了廣大普通農民群眾生存狀況的歷史真實。西南聯大作家群整體在藝術探索上從容得多，主題開掘的深度、藝術表現水平的高度，都有鮮明的特徵。延安魯藝作家群則多即時應制之作，嚴格來說，藝術功能的發揮即社會效果上或許還不錯，算得上真正的文學創作者不多，但也不乏經得起時間淘汰者，如何其芳等人的詩歌創作。

二

復旦作家群的文學活動及其所取得的斐然成績，並不都是偶然的，而自有其歷史成因。

首先是因為校方與師生都躬行和維護學術與學生自治的復旦大學，自身有優秀的新文學傳統。新詩闖將之一劉大白 1924 年 2 月到復旦任教，是年底「國文部」改為「中國文學科」，下設培養創作型人才的文藝系、培養教師的文藝教育系和培養記者的新聞學系，新文學名以「中國語體文學史」課程進入復旦大學的文學系講堂。1929 年復旦文學院組建，開設新文學課程。更讓人眼睛發亮的是，復旦眾多師生中就有許多新文學作家。劉大白 1925 年與陳望道等編輯出版《黎明週刊》，自 1926 年 10 月 27 日起在《復旦週刊》上連載《白屋文話》和《白屋說詩》。1926 年從美國哥倫比亞大學留學回國即在復旦任教的梁實秋，抗戰期間也在復旦兼課。他堅持以「人性」為標準，認定「文學是一種極嚴重的工作」〔註6〕，指出「有史以來，凡是健全的文學家沒

〔註 6〕梁實秋：《文學的紀律》，載《新月》第 1 卷第 1 期。

有不把人生與藝術聯在一起的」〔註7〕，「反對非道德的文學，反對暴力和肉慾，提倡有道德約束有人生尊嚴的文學」，強調「偉大的文學者所該致力的是怎樣把感情放在理性的韁繩之下」〔註8〕。由他引發的「與抗戰無關」爭論，更是對復旦學生作家有直接而深入的影響。葉聖陶、洪深、豐子愷、趙景深、孫俍工、陳子展、夏丏尊、傅東華、饒孟侃、鄭振鐸、田漢、淦女士（馮沅君）、陸侃如、曹聚仁、葉楚傖、劉大杰、李青崖、汪靜之、顧仲彝、孫大雨等新文學作家都曾在復旦任教或兼課。洪深更是一手締造了聞名四方的復旦劇社，公演了許多話劇名作。1937 年創刊的《文摘》也每期在「一般學術及其他」欄目下刊登新文學有關文章。復旦學生陳翔鶴、王怡庵和陳承蔭等是淺草社成員，《淺草》共四期就發表了陳翔鶴的、胡絮若、王怡庵和陳承蔭等人的新文學創作。《復旦季刊》倡導並發表白話文學作品，早在 1922 年第 14 期就發表了王世穎的新詩《遮住》、陸寶璜的散文詩《中秋夜校園踏月》，陳熙的《雜譯泰戈爾詩十一首》和塗駿聲翻譯的托爾斯泰小說《往事》，之後還發表劉大白的散文《雷峰塔倒後》、陳翔鶴的小說《青春》等作品。對此，楊萱蓉著《學府內外：20 世紀二三十年代上海現代文學與中國新文學關係研究》（光明日報出版社，2007 年 7 月版）設有專門章節加以梳理、討論，此不贅述。復旦的新文學傳統在抗戰期間繼續生長著，是復旦作家群的文學活動最親切的文學資源，其鼓舞力量無可替代。

　　其次，復旦師生作家對全民抗戰所賦予的時代使命的自覺承擔。這種自覺承擔早在西遷途中就有體現。據舫民回憶，就在盧山牯嶺那僅月餘的時間裏，復旦學生「這般年輕人，個個意志昂揚，熱血沸騰，到處是抗戰歌聲，人人談論戰爭，關心戰訊」，「出了幾份大壁報——其中一份取名『騰輝』的，一看便知是敬仰復旦校長李登輝博士的復旦同學所主辦——壁報內容，有火與血的抗戰畫面，有簡單的戰報，有學校的新聞，有激昂慷慨的詩歌和文章」，「抗戰情緒熱烈高漲」。〔註9〕而重慶時期，不僅教師作家中靳以主編的文學副刊《文群》要「採取鐵血的故事，來啟發、鼓舞全民眾的心」，而且學生作家的文種社主編的文藝副刊《文種》也以「宣傳抗戰」為己任，「揭櫫文藝寫

〔註 7〕梁實秋：《文學的嚴重性》，載《新月》第 2 卷第 8 期。
〔註 8〕梁實秋：《文學的紀律》，載《新月》第 1 卷第 1 期。
〔註 9〕彭裕文、許有成：《臺灣復旦校友憶母校》，上海：復旦大學出版社，2003 年
　　　9 月版，第 216 頁。

作遵奉現實主義，配合當時文協所號召的『文章下鄉、文章入伍、文章出國』的原則，鼓吹向農民、戰士與國際間宣傳抗戰。」〔註 10〕「盡力設法使每個接近中立國國民的中國人，變為未經政府任命的外交人員，作一種有力的、偉大的反侵略的外交宣傳運動」〔註 11〕。中共地下黨員方璞德等人領導的抗戰文藝習作會、中國學生導報社等社團更是自覺踐行群眾路線開展抗日救亡宣傳活動。詩墾地社編出的「詩墾地叢刊」第二輯《枷鎖與劍》特闢「反法西斯特輯」並編在首要位置，刊發了反對希特勒、支持蘇聯紅軍的中外詩作。詩墾地社詩人姚奔還在《我們》一詩裏高唱「我們」的時代使命感：「因為我們生長在這個時代／就有無比的榮光！」「我們跨入苦難的世紀，／開創新生的年代，／我們底腳步，／察察地，／踏過人類的史頁；／我們底歌聲／洪亮地／響過世紀的穹門，／我們用鋼鐵一般的／生的意志／彈奏著歷史的音弦，／與宇宙萬有的生命／我們合奏著／偉大洪壯的交響！」詩墾地社詩人曾卓更嚴正申明：「我們的門／不為叛逆者開！」(《門》)跨校際的社會性文藝團體新年代文學社也宣稱「處處有生活，處處有戰鬥」，要用文學履行時代交給的責任。

再次，復旦作家們對自我有極富抗戰時代特色的定位。例如對「青年」、「知識分子」「孩子」諸身份角色及其歷史使命的認同和勇敢承擔。自《文種》起，就宣稱「我們青年熱愛祖國，宣傳抗戰」，「我們這一代」是有幸福才能參加這個抗戰的「二十世紀的學生／中國偉大時代的青年」。之後屢屢出現對於「青年」、「青春」的熱烈讚美。1939 年底成立的中國青年寫作協會復旦分會也「以團結青年作者，鼓勵寫作興趣及解除寫作困難為宗旨，其寫作範圍甚為廣泛，包括各種學術題材之論著與譯述」〔註 12〕。詩墾地社詩人曾卓曾深情地寫道：「我／無數的你們的孩子／都在一滴一滴的／拋出自己的血汗／一鑿一錘的敲打著／通達自由幸福世界的路／因而，我不能回到你的懷抱／不能走上你希望我走的路／不能帶上奴隸者的王冠／而又將那光榮分給你／我不能呵！……」(《母親》)這孩子選擇了為民族的新生而被迫離開母親！另有文學窗社石懷池、霞巴等人的文學批評，與他們自我的思想成長的密切相關。

〔註10〕王潔之：《憶〈文種〉》，載中共北碚區委黨史工委編內部資料《北碚研究資料》1986 年第 5 期。

〔註11〕文種社：《關於反侵略宣傳──我們的話》，載《新蜀報》副刊《文種》1938 年 2 月 12 日第 3 期。

〔註12〕《復旦大學校刊》1940 年 1 月 15 日第 2 期「(六) 團體活動」。

如此等等，都是明證。

　　最後，就是全國文藝界掀起的聲勢浩大的抗戰文藝宣傳運動的推動。復旦作家群人數眾多，有名的不少，無名的更多。我們雖然不能排除也沒法排除其中有人因為個人對文學的嚮往和對文學家的傾慕而投身文學，但是，「文學具有一定的社會功能或『效用』，它不單純是個人的事情」〔註13〕。復旦作家中更多的無疑是出於民族解放的鬥爭（敵我鬥爭和自我內部的鬥爭）需要的召喚，而以文學為武器從事文學活動的。

　　基於前面對復旦作家群文學活動一番較為系統的考察，我們認為，至少可以從以下方面來認識復旦作家群文學活動的歷史意義：

　　首先，復旦作家群的文學活動曾是 1940 年代中國文學、尤其是中國抗戰文學的重要組成部分，在一定程度上推動了抗戰文學的發展，豐富了抗戰文學的特質。不僅復旦作家群中的主力作家，如詩墾地社的詩人們，為整個抗戰文學甚至中國新文學的發展作出了重要貢獻，而且普通作家（文學愛好者）們的文學閱讀與寫作活動，也為文學市場的存在和發展，創造了更為寬廣更為堅實的基礎。

　　其次，復旦作家群及其文學活動是 1940 年代中國校園文學中獨特的一翼，有其不可替代的歷史價值。復旦大學遷居北碚這「陪都的陪都」，各種政治勢力尤其是國共兩黨的大大小小的政治舉動，幾乎都會在校園裏掀起波瀾，復旦作家們的文學活動與現實結合緊密，他們的作品在內容上就有著更強烈的現實批判性。與之相比，同時期的西南聯大，地處昆明，遠離當時中國的政治活動中心重慶，那裡的校園文學更多地呈現出對人的生存、生命的價值等問題的形而上的思考，如馮至、穆旦等人的詩歌；延安魯迅藝術學院地處解放區中國共產黨中央所在地，本身就是中共創辦和領導的學校，其校園文學非常鮮明地體現了馬克思主義思想、共產主義理想和無產階級思想觀念，尤其中共文藝政策對中國文學的影響。

　　再次，作為復旦校園文化最重要的組成部分之一，復旦作家群的文學活動尤其是那些街頭鄉間廠礦的抗戰文藝宣傳活動，在推動當地社會文化發展方面發揮過積極而重大的作用。這方面以抗戰文藝習作會最為典型，他們利用周末和假期尤其是寒暑假時間，走上街頭、深入農村和礦區（如白廟子煤

　　〔註13〕〔美〕勒內・韋勒克，奧斯汀・沃倫：《文學理論》（新修訂版），杭州：浙江人民出版社 2017 年 2 月版，第 83 頁。

礦）宣傳、抗戰義賣、捐獻和戲劇演出，和群眾歌詠、出外演出、遊藝會、參觀訪問，甚至遠足旅行，演出話劇慰勞官兵，舉行軍民大聯歡，以及為《大聲日報》編輯文藝副刊《號角》，等等，對當地文化發展產生積極而重要的影響。客觀地講，復旦大學是促進當地文化交流和發展的一個文化重陣。在它遷居重慶之初，學校師生就建立了「社會民眾教育委員會」等組織，經常在群眾中展開文化宣傳活動，時常參與重慶、北碚以及合川等地文化界舉辦的文化活動，如義賣宣傳、戲劇演出、詩歌朗誦會等。文藝活動是復旦師生展開民眾宣傳工作的主要形式之一，作為復旦校園文藝活動的主力軍，復旦作家群及其文學活動做出的貢獻是毋庸置疑的。

　　作為中國校園文學的重要一翼，重慶復旦大學作家群及其文學活動應該得到文學（史）研究界更多的關注和研究。由於學力有限，我們的考察還是只能算是一次粗淺的嘗試，主要在史料搜集和史事考證方面，較此前已有研究有所推進，而更廣泛更深入的研究，還有待學界智識之士來繼續，以更好地彰顯復旦大學作家群文學活動的文學史意義。

參考文獻

一、圖書

1. 耿庸：《未完的人生大雜文》，廣州：花城出版社，2009 年 1 月版。

2. 舒允中：《內線號手：七月派戰時文學活動》，上海：上海三聯書店，2010 版。

3. 〔俄〕列夫・托爾斯泰著；張昕暢，劉岩，趙雪予譯：《藝術論：一代文豪托爾斯泰的藝術感悟》，北京：中國人民大學出版社，2005 版。

4. 劉文榮：《經典作家談人與人性》，上海：文匯出版社，2015 年 7 月版。

5. 〔美〕白修德著；崔陳譯：《中國抗戰秘聞—— 白修德回憶錄》，鄭州：河南人民出版社，1988 年版。

6. 〔美〕勒內・韋勒克、奧斯汀・沃倫：《文學理論》（新修訂版），杭州：浙江人民出版社，2017 年 2 月版。

7. 曾卓：《曾卓散文選》，上海：上海文化出版社，2003 年版。

8. 《復旦大學百年紀事》編纂委員會：《復旦大學百年紀事 1905～2005》，復旦大學出版社，2005 版。

9. 《復旦大學百年志》編纂委員會：《復旦大學百年志 1905～2005 上》，復旦大學出版社，2005 年版。

10. 《皖南事變》編纂委員會：《皖南事變》，北京：中共黨史資料出版社，1990 年 12 月版。

11. 《新華日報》暨《群眾》週刊史學會成都分會：《新華報童》，成都：四川

少年兒童出版社 1986 年版。

12. 《中國新文學大系》編輯委員會：《中國新文學大系 1937～1949‧史料‧索引》第 20 集，上海文藝出版社，1994 年 8 月版。

13. 阿壠：《人‧詩‧現實》，上海：三聯書店 1986 版。

14. 艾蕪：《中國抗日戰爭時期大後方文學書系第 3 編小說第 4 集》，重慶；重慶出版社，1989 年 6 月版。

15. 本社：《戰鬥在山城》，北京：中國青年出版社，1987 年版。

16. 布德：《第三百零三個》，上海：上海雜誌公司，1940 年版。

17. 布德：《海戀》（又名《海濱有貝殼》），上海：正風出版社無限公司，1948 年版。

18. 布德：《赫哲喀拉族》，永安：改進出版社，1942 年版。

19. 蔡玉洗、董寧文：《冷攤漫拾》，哈爾濱：北方文藝出版社，2015 年 5 版。

20. 蔡元培：《蔡元培全集》（第七卷），北京：中華書局，1989 年版。

21. 曹孚：《人生興趣》，重慶：光亭出版社，1943 年 11 月 10 日版。

22. 曾健戎：《郭沫若在重慶》，西寧：青海人民出版社，1982 年 12 月版。

23. 曾卓：《美的尋求者》，太原：山西教育出版社，1998 年版。

24. 陳美英：《洪深年譜》，北京：文化藝術出版社，1993 年 12 月版。

25. 陳思和、李存光：《講真話巴金研究集刊》第七卷，上海三聯書店，2012 年 8 月版。

26. 陳雲庵：《滄海一粟九旬奇翁憶往錄》，上海：復旦大學出版社 2018 年版。

27. 陳子展：《陳子展文存》，上海：上海古籍出版社，2018 年 7 月版。

28. 程極明：《洪流》，北京：中國青年出版社，2005 年版。

29. 辭海編輯委員會：《辭海（1979 年版縮印本）》，上海：上海辭書出版社，1989 版。

30. 靳以：《靳以影像》，上海：上海文化出版社，2009 年版。

31. 董寧文、鍾叔河等：《我的筆名》，長沙：嶽麓書社，2007 年 1 月版。

32. 杜子才、戴文葆等：《號角與火種：〈中國學生導報〉回憶錄》，北京：中國華僑出版社，1991 年版。

33. 范泉：《中國現代文學社團流派辭典》，上海書店出版社，1993 版。

34. 復旦大學檔案館:抗戰時期復旦大學校史史料選編》,上海:復旦大學出版社,2008 年版。

35. 復旦大學校刊社:《國民黨中央圖書審查委員會民國三十一年度工作考察報告》,中國第二歷史檔案館編《中華民國史檔案資料彙編》第五輯第二編「文化」(一),南京:江蘇古籍出版社 1998 年版。

36. 復旦大學校史編寫組:《復旦大學誌第一卷(1905~1949)》,復旦大學出版社,1985 年版。

37. 公安部檔案館:《在蔣介石身邊八年:侍從室高級幕僚唐縱日記》,北京:群眾出版社,1991 年版。

38. 郝明工:《陪都文化論》,烏魯木齊:新疆大學出版社,1994 年版。

39. 何其芳:《何其芳文集》,人民文學出版社,1982 年版。

40. 何休:《永不泯逝的兩顆詩星:綠蕾、楊吉甫(中國新詩史鉤)》,北京:中國戲劇出版社,2011 年版。

41. 洪紱曾:《復旦農學院史話》,北京:中國農業出版社,2005 年 5 月版。

42. 洪深:《洪深文集·第四卷》,北京:中國戲劇出版社,1959 年 6 月版。

43. 胡風:《胡風回憶錄》,北京:人民文學出版社,1993 年 11 月版。

44. 胡國臺:《抗戰時期高等教育品質:1937~1945》,臺北:《中研院近代史研究所集刊》第 19 期,1990 年版。

45. 黃大能:《傲盡風霜兩鬢絲──我的八十年》,中國建材工業出版社,2003 年版。

46. 黃建華、趙守仁:《梁宗岱》,廣州:廣東人民出版社,2004 年 7 月版。

47. 黃潤蘇:《澹園詩詞》,上海:學林出版社,2001 年版。

48. 冀汸:《灌木年輪》,北京:人民文學出版社,1995 年 8 月版。

49. 冀汸:《無題之什》,長春:時代文藝出版社,1999 年 1 月版。

50. 冀汸:《血色流年》,上海:上海文化出版社,2009 年版。

51. 蔣中正:《蔣委員長言論集》,中國文化建設協會,1935 年版。

52. 靳以:《工作,學習與鬥爭》,新文藝出版社,1956 年 9 月版。

53. 靳以:《靳以選集》(五卷本),成都:四川人民出版社,1983~1984 年版。

54. 靳以:《前夕(第一部)》,上海:文化生活出版社,1942 年 1 月初版。

55. 靳以：《眾神》，上海：文化生活出版社，1945 年版。

56. 康保成：《蘇州劇派研究》，廣州：花城出版社，1993 年版。

57. 胡潤森：《戲劇元素論》，天津：天津社會科學院出版社，2000。

58. 老舍：《老舍自述》，現代出版社，2018 年版。

59. 李秉謙：《一百年的人文背影——中國私立大學史鑒·第 4 卷·浴火重生（1937～1945）》，西安：陝西師範大學出版總社有限公司，2016 年 10 月版。

60. 李存光、李樹江：《回族文學論叢第 5 輯馬宗融專集》，銀川：寧夏人民出版社，1992 年 8 月版。

61. 李麟：《復旦大學憑什麼出名》，北京：同心出版社，2012 年 6 月版。

62. 李玫：《明清之際蘇州作家群研究》，北京：中國社會科學出版社，2000 年版。

63. 李萱華：《北碚在抗戰——紀念抗戰勝利七十週年》，重慶：西南師範大學出版社，2016 年版。

64. 李怡、肖偉勝：《中國現代文學的巴蜀視野》，成都：巴蜀書社，2006 年版。

65. 李怡：《東遊的摩羅：日本體驗與中國現代文學的發生》，南京：江蘇鳳凰文藝出版社，2018 年版。

66. 李怡：《七月派作家評傳》，重慶：重慶出版社，2000 年 1 月版。

67. 李怡：《作為方法的「民國」》，濟南：山東文藝出版社，2015 年版。

68. 梁永安：《日月光華同燦爛：復旦作家的足跡》，上海：復旦大學出版社，2005 年版。

69. 劉健清等：《中國國民黨史》，南京：江蘇古籍出版社，1992 年版。

70. 陸思紅：《新重慶》，上海：中華書局，1939 年 8 月版。

71. 綠原、牛漢：《白色花》，北京：人民文學出版社，2000 年 7 月版。

72. 綠原：《綠原文集》，武漢：武漢出版社 2007 年版。

73. 馬大康：《文學活動論》，杭州：浙江大學出版社，2012 年。

74. 馬民書：《在世紀的回音壁裏：二十世紀中國要聞評說》，北京：中央文獻出版社，2004 年版。

75. 馬識途：《馬識途文集（第 16 卷）》，成都：四川文藝出版社，2018 年 5

月版。

76. 馬彥祥;《古城的怒吼》,武漢:華中圖書公司,1938 年版。

77. 南南:《從遠天的冰雪中走來──靳以紀傳》,太原:山西人民出版社,1999 年 10 月版。

78. 倪墨炎:《現代文壇災禍錄》,上海;上海書店出版社,1996 年 12 月版。

79. 裴毅然:《中國現代文學經濟生態》,鄭州:河南人民出版社,2012 年版。

80. 彭裕文、許有成:《臺灣復旦校友憶母校》,上海:復旦大學出版社,2003 年 9 月版。

81. 錢理群、溫儒敏、吳福輝:《中國現代文學三十年》(修訂本),北京:北京大學出版社,2000 年版。

82. 錢文亮:《新文學運動方式的轉變》,上海:上海文化出版社,2010 年 9 月版。

83. 孫彩霞:《中國國民黨歷次代表大會及中央全會資料(下)》,北京:光明日報出版社,1985 年 10 月版。

84. 上海市報刊圖書館:《上海市報刊圖書館中文期刊目錄 1881～1949》,上海:上海市報刊圖書館,1957 年 12 月版。

85. 施惠群:《中國學生運動史 1945～1949》,上海:上海人民出版社,1992 版。

86. 石島紀之:《中國抗日戰爭史》,鄭玉純譯,長春:吉林教育出版社,1990 版。

87. 石懷池:《石懷池文學論文集》,上海:耕耘出版社,1945 年 8 月版。

88. 石曼:《重慶抗戰劇壇紀事 1937.7～1946.6》,中國戲劇出版社,1995 年 7 月版。

89. 宋之的:《霧重慶(五幕話劇)》,北京:中國戲劇出版社,1957 年 5 月版。

90. 蘇光文:《抗戰詩歌史稿》,成都:四川教育出版社,1991 年 12 月版。

91. 蘇光文:《抗戰文學概觀》,重慶:西南師範大學出版社,1985 年 12 月版。

92. 孫青紋:《中國當代文學研究資料 洪深研究專集》,杭州:浙江文藝出版社,1986 年版。

93. 梁承祥:《黔東南人物 1912～1949》,昆明:雲南民族出版社,2011 年版。

94. 重慶市老新聞工作者協會:《新聞憶舊》,重慶:重慶出版社,2000 年版。

95. 田越英:《大抗戰同仇敵愾》,北京:九州島島出版社,2016 年版。

96. 童慶炳:《文學理論教程》,北京:高等教育出版社,1992 年版。

97. 王鳳伯、孫露茜:《中國當代文學研究資料 徐遲研究專集》,杭州:浙江文藝出版社,1985 版。

98. 重慶市文化局:《重慶文化藝術志》,重慶:西南師範大學出版社,2000 年 12 月版。

99. 王齊洲、王澤龍:《湖北文學史》,武漢:華中理工大學出版社1995 年 11 月版。

100. 王瑤:《中國新文學史稿》,太原:北嶽文藝出版社,2015 年 12 月版。

101. 王瑤:《中國新文學史稿》,上海:上海文藝出版社,1982 年 11 月版。

102. 翁達藻:《西南行散記》,重慶:光亭出版社,1943 年 4 月版。

103. 吳福輝:《沙汀傳》,北京:十月文藝出版社,1990 年 6 月版。

104. 吳守成、曾金蘭:《海校學生口述歷史》,北京:九州島島出版社,2013 年版。

105. 徐紹羽:《路翎致胡風書信全編》,鄭州:大象出版社,2004 年 4 月版。

106. 燕凌等:《紅岩兒女 第 1 部 1939～1945 從潛流到激流》,北京:中國青年出版社,2005 年 12 月版。

107. 陽翰笙:《陽翰笙日記選》,成都:四川文藝出版社,1985 年 2 月版。

108. 楊義:《中國現代小說史》,北京:人民文學出版社,1988 年 10 月版。

109. 章潔思:《曲終人未散:靳以女兒眼中的名人父親》,北京:東方出版社,2009 年 8 月版。

110. 姚丹:《西南聯大歷史情境中的文學活動》,桂林:廣西師範大學出版社,2000 年 5 月版。

111. 袁鷹、姜德明:《夏衍全集・文學(下)》,杭州:浙江文藝出版社,2005 年 12 月版。

112. 苑茵:《冬草:一個流亡女學生的故事》,北京:長征出版社,1995 年版。

113. 張靜廬:《中國現代出版史料 丁編》,北京:中華書局,1959 年 11 月版。

114. 張鈞：《述林 1931～1945 中國往事 1 戰爭陰雲下的年輕人》，桂林：廣西師範大學出版社，2016 年 11 月版。

115. 張如法：《綠原研究資料》，北京：知識產權出版社，2009 年 8 月版。

116. 張業松：《江聲浩蕩七月詩》，北京：商務印書館，2018 年版。

117. 張毅：《大學生戰時生活》，毅社，1939 年 4 月版。

118. 章潔思：《足音》，南京：南京師範大學出版社，2017 年版。

119. 中國第二歷史檔案館：《國民政府抗戰時期廠企內遷檔案選輯》，重慶出版社，2016 年版。

120. 中國社會科學院：《新聞研究資料》總第 27 輯，1984 年 9 月版。

121. 中國社會科學院語言研究所詞典編輯室：《現代漢語詞典》，商務印書館1983 年第 2 版。

122. 重慶市文化藝術研究院：《重慶文化研究丁酉秋》，重慶：西南師範大學出版社，2017 年 10 月版。

123. 重慶市政協文史委員會：《重慶文史資料第 9 輯》，重慶：西南師範大學出版社，2006 年 10 月版。

124. 周維東：《中國共產黨的文化戰略與延安時期的文學生產》，廣州：花城出版社 2014 年 10 月版。

125. 周燕芬：《因緣際會：七月社‧希望社及相關現代文學社團研究》，武漢：武漢出版社，2011 年版。

126. 周勇：《重慶‧一個內陸城市的崛起》，重慶：重慶出版社，1989 年版。

127. 周勇：《重慶通史》，重慶：重慶出版社，2014 年第 2 版。

128. 朱立人等：《為了祖國的明天：復旦大學地下黨領導群眾鬥爭史料集》，上海：復旦大學出版社，2002 年版。

129. 朱壽桐：《中國現代社團文學史》，北京：人民文學出版社，2004 年版。

130. 朱曉進等：《非文學的世紀：20 世紀中國文學與政治文化關係史論》，南京：南京師範大學出版社，2004 年版。

131. 子儀：《新月才女方令孺》，青島：青島出版社，2014 年 10 月版。

132. 鄒荻帆：《布穀鳥與紫丁香》，北京：人民文學出版社，1982 年 1 月版。

133. 祖國社：《抗戰以來中國外交重要文獻》，重慶：祖國社，1943 年版。

二、報刊雜誌

1. 復旦大學校友服務部:《復旦》,1945 年 11 月號(第 16 期)、12 月號(第 17 期),1946 年 1 月號(第 18 期)、4 月號(第 21 期)、7 月號(第 24 期)。

2.《教育雜誌》第 37 卷 9、10 期,商務印書館,1937 年 10 月 10 日出版。

3.《新觀察》1982 年第 6 期。

4. 新血輪社:《新血輪》(油印報)第 74 期(1944 年 10 月 26 日)、第 78 期(1944 年 11 月 9 日)。

5. 復旦大學文摘社:《文摘‧戰時旬刊》第 34、35 號合刊,第 40 號,第 46 號、47 號合刊,第 50 號,第 51 號、52 號、53 號合刊,第 80 號、81 號合刊。

6. 復旦大學校刊社:《復旦大學校刊》1931 年第 113、116 期,1939 年元旦復刊號、第 3 期,1940 年第 2 期,1941 年第 8、10、13 期。

7. 詩墾地社:《詩墾地叢刊》第 1 輯《黎明的林子》,1941 年 11 月 5 日版。

8. 詩墾地社:《詩墾地叢刊》第 2 輯《枷鎖與劍》,1942 年 3 月 1 日版。

9. 詩墾地社:《詩墾地叢刊》第 3 輯《春的躍動》,1942 年 5 月 1 日版。

10. 詩墾地社:《詩墾地叢刊》第 4 輯《高原流響》,1943 年 3 月 1 日版。

11. 詩墾地社:《詩星地叢刊》第 5 輯《滾珠集》,1946 年 5 月 1 日版。

12. 詩墾地社:《詩墾地叢刊》第 6 輯《白色花》,1944 年 12 月版。

13. 新血輪社:《新血輪》油印報第 72 期副刊《時與地》第四期。

14. 中國學生導報社:《中國學生導報》創刊號,1944 年 12 月 22 日,第 1 版。

15. 復旦大學文摘社:《文摘副刊》創刊號(1942 年 3 月 1 日)、新 1 卷第 2 期(1945 年 3 月)。

16. 大光圖書月報社:《大光圖書月報》1936 年第 1 卷第 2 期。

三、報刊文章

1. 胡風:《願和讀者一同成長——代致辭》,載《七月》1937 年第 1 期。

2. 胡潤森:《大後方戲劇現象概觀》,載《中國現代文學研究叢刊》1999 年第 3 期。

3.《編者的話》,載《中國時報》副刊《橋》,1946 年 1 月 20 日。

4. 《赴東北抗日救國團定期出發》，載《復旦大學校刊》1931 年 12 月 5 日版。

5. 《復旦「文學窗」把『人民藝術』第一次搬進了『大學講臺』》，載《中國學生導報》，第 19 期第 1 版。

6. 《詩壇消息》，載《詩文學》，1945 年第 1 期。

7. 陳江：《文摘類期刊史話——中國近現代期刊史簡記之三》，載《編輯之友》，1991 年第 1 期。

8. 陳子展：《關於大學中國文學系的建議和意見》，載《國文月刊》第 65 期，1948 年 3 月出版。

9. 成璧：《抗戰中的復旦大學》，載《華美》第 1 卷第 46 期，1939 年 3 月 25 日出版。

10. 成璧：《學校巡禮——抗戰的復旦大學》，載《新華日報》，1939 年 1 月 3 日第 4 版。

11. 碭叔：《兩個文藝刊物在成都》；劉振德《川南的文藝刊物（介紹）》，分別載《新蜀報》副刊《文種》第 38 期和第 41 期。

12. 導夫：《時代情緒的禮讚與中國良知的宣洩——馬宗融〈拾荒〉主旨界說》，載《民族文學研究》1992 年第 2 期。

13. 荻帆：《關於詩墾地叢刊》，載《文藝生活（桂林）》，1942 年第 2 卷第 6 期。

14. 樊峻：《論馬宗融——兼及現代民族文學史的若干問題》，載《民族文學研究》，1993 年第 1 期。

15. 費鞏：《母校被毀簡報》，載《復旦同學會會刊》第六卷第 11、12 期，1938 年 4 月出版。

16. 復旦大學文摘社：《文摘》第 1 卷第 1 期，第 5 期。

17. 葛一虹：《戰時演劇政策》，載《時事類編》，1939 年特刊第 31 期。

18. 龔平邦：《參觀天府煤礦公司》，連載於《中央日報（重慶）》，1939 年 3 月 14 至 16 日第 5 版。

19. 顧南：《章靳以》，載《現實文摘》1947 年第 1 卷第 6 期。

20. 顧仲彝：《大學西遷記》，載《復旦同學會會刊》第六卷十一、十二期，1938 年 4 月版。

21. 寒：《夏壩近訊》，載 1945 年 10 月 25 日《時事新報》，第 3 版。

22. 寒：《夏壩近訊》，載 1945 年 12 月 13 日《時事新報》，第 3 版。

23. 何白：《幫閒的夢囈〈鬼戀〉——〈徐籲的書〉之一》，載《中國學生導報》，1944 年 12 月 22 日創刊號「藝文」版。

24. 何乃英：《獨具特色的日本反戰文學》，載《百科知識》1995 年第 8 期。

25. 冀汸：《詩人，也是戰士》，載《新文學史料》，1991 年第 2 期。

26. 冀汸：《詩寫大地——回憶鄒荻帆（下）》，載《新文學史料》，1997 年第 2 期。

27. 冀汸：《四十週年祭——紀念靳以先生》，載《新文學史料》，2000 年第 2 期。

28. 潔思：《靳以年譜》，載《新文學史料》，2000 年第 2 期。

29. 靳以：《〈文群〉三百期》，載 1941 年 5 月 22 日《國民公報·文群》第 300 期。

30. 靳以：《回憶魯迅先生》，載《萌芽》，1956 年第 8 期。

31. 藍瑛，鄧偉志：《難忘楊永直》，載《解放日報》，2008 年 8 月 30 日。

32. 雷蕾：《一九四一年文藝運動的檢討》，載《文藝生活（桂林）》1942 年第 1 卷第 5 期。

33. 李葆琰：《抗戰時期的文藝批評》，載《中國現代文學研究叢刊》1999 年第 2 期。

34. 李存光：《長河中一簇細微的浪花——巴金先生保存的「追悼馬宗融先生特刊」》，載《郭沫若學刊》2016 年第 3 期。

35. 李溶如：《記馬宗融》，載 1947 年 6 月 14 日《申報》副刊《春秋》。

36. 李文平：《從抗戰背景看冰心的〈關於女人〉》，載《中國現代文學研究叢刊》2013 年第 7 期。

37. 李香玉、王菲：《成長，是一個面，不是一條線》，載《新金融觀察》報 2015 年 7 月 20 日第 50 版。

38. 李怡：《從「童真」到「莽漢」的藝術史價值——綠原建國前詩路歷程新識》，載《貴州社會科學》1998 年第 5 期。

39. 李長之：《書評副刊：〈前夕〉》，載《時與潮文藝》1946 年第 5 期。

40. 立言：《國統區學生運動的號角——〈中國學生導報〉》，載《新聞與傳播研究》，1982 年第 4 期。

41. 梁實秋:《文學的紀律》,載《新月》第 1 卷第 1 期。

42. 梁實秋:《文學的嚴重性》,載《新月》第 2 卷第 8 期。

43. 廖化:《一九四一文壇雜記》,載《新華日報·副刊》,1942 年 1 月 1 日,第 4 版。

44. 林振鏞:《什麼是三民主義文學》,載《申報》1929 年 6 月 6 日。

45. 玲君:《文種的誕生》,載《新蜀報》副刊《文種》,1938 年 1 月 31 日創刊號。

46. 劉蒼平:《文壇軼話:靳以兄弟面貌酷似》,載《大千世界畫報》,1949 年第 1 卷第 1 期

47. 劉重來:《1938 年復旦大學遷校北碚夏壩》,載《炎黃春秋》,2018 年第 6C 期。

48. 龍主:《北碚復旦大學壁報風塵始末》(陪都特約專稿),載《快活林》週刊,1946 年 3 月 16 日第 4～5 版。

49. 路翎《對於詩的風格的理解》,載 1946 年 2 月 15 日《中國時報》副刊《文學窗》第 6 期。

50. 馬麗蓉:《論馬宗融對伊期蘭文化的翻譯、介紹和研究》,載《回族研究》2004 年第 4 期。

51. 馬宗融:《對〈國家至上〉演出後的希望》,載 1940 年 4 月 7 日《新蜀報》副刊《蜀道》第 89 期。

52. 馬宗融:《抗戰四年來的回教文藝》,載《文藝月刊》1941 年第 8 卷 8 月號,1941 年 8 月 16 日出版。

53. 茅盾:《寫於神聖的炮聲中》,載《吶喊》1937 年第 1 期。

54. 牧云:《宣告》,載《中國學生導報》,1944 年 12 月 22 日創刊號第三版「藝文」。

55. 尼明《評〈馬凡陀的山歌〉》,載 1947 年 2 月 3 日《中國時報》副刊《文學窗》第 20 期。

56. 歐元懷:《大夏大學的西遷與復員》,載《中華教育界》,復刊第 1 卷第 12 期,1947 年 12 月 15 日出版。

57. 平林:《獻給中國的女兒們》,載《時調》1937 年第 3 期。

58. 錢谷融:《我的中學時代》,載《新文學史料》2001 年第 1 期。

59. 沙雁：《抗戰文藝的題材》，載《抗戰文藝》，1938 年第 1 卷第 8 期。

60. 史凝：《門外談詩》，原載 1946 年 5 月 13 日《中國時報‧副刊》。

61. 司徒慧敏：《〈國家至上〉的演出》，載《電影與戲劇》1941 年第 1 卷第 1 期。

62. 四川省志教志編輯組：《抗戰中 48 所高校遷川梗概》，載《四川文史資料選輯》（第 13 輯），1979 年版。

63. 唐楓：《復旦老學子憶抗戰歲月：同學被炸死在宿舍床下》，載中國新聞網，2015 年 8 月 14 日。網址 http://finance.chinanews.com/cul/2015/08-14/7467895.shtml.

64. 天行：《記馬宗融》，載《世界月刊（上海 1946）》1947 年第 1 卷第 8 期。

65. 王富仁：《從本質主義的走向發生學的──女性文學研究之我見》，載《南開學報（哲學社會科學版）》，2010 年第 2 期。

66. 王富仁：《當代體驗與中國現代文學研究》，載《現代中國文化與文學》，2006 年第 1 期。

67. 王富仁：《文學研究的特性》，載中國人民大學報刊資料複印中心複印報刊資料《文藝理論》，1992 年第 1 期。

68. 王潔之：《你要說什麼，請到這裡來說》，載《新蜀報》副刊《文種》，1938 年 9 月 4 日第 30 期。

69. 王潔之：《休刊小啟》，載《新蜀報》副刊《文種》，1939 年 1 月 15 日第 45 期。

70. 王潔之：《憶〈文種〉》，載《重慶文史資料選輯》第 29 輯，重慶：西南師範大學出版社，1987 年 12 月版。

71. 王猷：《嘉陵江畔的復旦大學》，載《學生之友》，1940 年第 1 卷 5 期，1940 年 9 月 15 日出版。

72. 王芸生：《讀〈第三百零三個〉》，載《大公報》1938 年 8 月 24 日第 1 版。

73. 韋朦：《背景的襯托（寫作雜談之二）》，載《自修》1938 年第 6 期。

74. 文華：《白季眉教授》，載《人物雜誌》，1946 年第 2 期。

75. 文種社：《關於反侵略宣傳──我們的話》，載《新蜀報》副刊《文種》，1938 年 2 月 12 日第 3 期。

76. 吳南軒：《抗戰以來的復旦大學》，載《教育雜誌》第 31 卷第 1 期，商務

印書館，1941 年 1 月 10 日出版。

77. 夏舒雁：《武漢詩壇的三朵花：讀〈詩地〉,〈沙漠的喧嘩〉,〈詩壘〉》，載《武漢文化》1947 年第 1 期。

78. 曉風：《胡風年表簡編》，載《新文學史料》，1986 年第 4 期。

79. 謝德風：《復旦遷到黃桷鎮以後》，載《復旦同學會會刊》，1938 年第 4 期。

80. 薛文波：《北碚的悲哀》，載《中國回教救國協會會刊》1940 年第 2 卷第 5 期，1940 年 6 月 15 日出版。

81. 羊羽：《復旦分團正式成立大會記盛》，載《青年通訊》1941 年第 1 卷第 8 期。

82. 楊永直：《天府煤礦的礦工》，載《中國工人》，1940 年 2 月創刊號。

83. 楊之平：《讀靳以》，載《實報半月刊》1936 年第 23 期。

84. 姚奔：《離散的星群》，載《國民公報》副刊「文群」，第 194～195 期，1940 年 8 月 15 日第 4 版。

85. 姚奔：《我來自遙遠的北方》，載《大公報（重慶）·戰線》，1939 年 11 月 28 日第 4 版。

86. 姚奔：《悠悠歲月懷念綿綿》，載《收穫》，1990 年第 1 期。

87. 葉聖陶：《蓉桂之旅（1942 年 4 月 16 日至 7 月 13 日）》，載《新文學史料》1982 年第 4 期。

88. 雨田：《內地抗戰劇本介紹：〈國家至上〉》，載《文藝青年》，1946 年第期。

89. 苑茵：《抗戰時期的北碚復旦大學》，載《縱橫》，1987 年第 1 期。

90. 張道藩：《我們所需要的文藝政策》，載《文化先鋒》創刊號，1942 年 9 月 1 日出版。

91. 張民權：《巴金的〈激流〉和靳以的〈前夕〉》，載《美與時代（下）》2010 年第 10 期。

92. 張天授：《玲君的兩首逸詩和他的生平》，載《中外詩歌研究》1995 年第 1 期。

93. 章念馳：《章太炎與他的弟子們》，載《中華讀書報》，2019 年 01 月 02 日，第 7 版。

94. 趙蔚青：《姚奔小傳》，載《新文學史料》，1994 年第 4 期。

95. 中央社：《國家動脈中的新血輪：三民主義青年團全國代表大會》，載《聯合畫報》，1943 年第 24 期。

96. 鄒荻帆：《從鄂中出來》，載《現代文藝（永安）》，1940 年第 2 卷第 1 期。

97. 鄒荻帆：《記詩人姚奔》，載《新文學史料》，1994 年第 4 期。

98. 鄒荻帆：《憶〈詩墾地〉》，載《新文學史料》，1983 年第 1 期。

四、學位論文

1. 李本東：《重慶復旦大學作家群的文學活動考略》，重慶：西南師範大學碩士論文，2001 年。

2. 楊新宇：《復旦劇社與中國現代話劇運動》，上海：復旦大學博士論文，2005 年。

3. 王陽龍：《沿著苦難的人生一路放歌——綠原詩歌創作探析》，蘇州：蘇州大學碩士論文，2011 年。

4. 石健：《靳以綜論》，長春：吉林大學博士論文，2011 年。

5. 曹付劍：《〈詩墾地〉研究》，重慶：西南大學文學院 2014 屆碩士論文。

五、內部資料

1. 中共北碚區委黨史工委：《北碚研究資料》1986 年第 5 期。

2. 《文教資料簡報》編輯室：《文教資料簡報》，1985 年第 4 期（總第 160 期），1985 年 6 月版。

3. 合川縣文化局：《合川縣文化藝術志》，合川縣文化印刷廠，1991 年 1 月版。

4. 梁小岑：《河南現代革命文化藝術史（1919.5～1949.9）第 1 卷》，河南省文化廳，2016 年版。

5. 葛嫦月：《激情歲月：20 世紀 40 年代的一段生活》，2005 年版。

6. 社會部統計處：《社會調查與統計》，1943 年第 2 號。

7. 嵊州市政協文史資料委員會：《嵊州文史資料（第 1 輯）》，1999 年 12 月版。

8. 孫栗等：《姚奔紀念文集》，2008 年版。

9. 許有成：《復旦大學（1905～1948）大事記》，臺北復旦校友會 1995 年版。

10. 中國人民政治協商會議北碚區委員會文史資料委員會:《北碚文史資料 1 陶行知在北碚專輯》,1984 年 9 月版。

11. 中國人民政治協商會議北碚區委員會文史資料委員會:《北碚文史資料》第 7 輯,1995 年 12 月版。

12. 中國人民政治協商會議四川省重慶市委員會文史資料研究委員會:《重慶文史資料》第 8 輯,1980 年 9 月版。

13. 中國人民政治協商會議衡陽縣委員會文史資料研究委員會:《衡陽文史資料》第 4 輯,1988 年版。

14. 政協衡陽市委文史資料研究委員會、政協衡陽縣委文史資料研究委員會:《衡陽文史第 10 輯王祺紀念集》,1990 年 12 月版。

15. 中共北碚區委黨史研究組:《北碚黨史資料彙編》第 1 輯,1983 年版。

16. 中共北碚區委黨史工委:《北碚黨史資料彙編》第 3 輯,1984 年 12 月版。

17. 中共北碚區委黨史工委:《北碚黨史資料彙編》第 7 輯,1986 年 12 月版。

18. 中共江津縣委黨史工委:《中共江津地方黨史》,1986 年 10 月版。

19. 中共紹興縣委黨史資料徵集研究委員會:《趙都風雲錄》,1989 年 10 月版。

20. 中共威遠縣委黨史研究室:《黨史資料》(內部資料),1999 年 3 月第三期(總第 98 期)。

21. 中央檔案館、四川省檔案館:《四川革命歷史文件彙集(特委、省委文件)一九四〇年~一九四七年》,1989 年 3 月版。

22. 重慶市北碚區政協文史資料委員會:《抗日戰爭時期的北碚》,1992 年版。